남불 앵커

초판 1쇄 발행 2017년 2월 22일
초판 2쇄 발행 2019년 2월 22일

지 은 이 남 불
발 행 인 권선복
편   집 권보송
디 자 인 이세영
마 케 팅 권보송
전 자 책 천훈민
발 행 처 도서출판 행복에너지
출판등록 제315-2011-000035호
주   소 (157-010) 서울특별시 강서구 화곡로 232
전   화 0505-613-6133
팩   스 0303-0799-1560
홈페이지 www.happybook.or.kr
이 메 일 ksbdata@daum.net

값 15,000원

ISBN 979-11-5602-477-4   03810

Copyright ⓒ 남 불, 2019

도서출판 행복에너지는 독자 여러분의 아이디어와 원고 투고를 기다립니다. 책으로 만들기를 원하는 콘텐츠가 있으신 분은 이메일이나 홈페이지를 통해 간단한 기획서와 기획의도, 연락처 등을 보내주십시오. 행복에너지의 문은 언제나 활짝 열려 있습니다.

남불 앵커

힘내라, 앞!!

남 불 지음

도서
출판 행복에너지

목차

주위 사람들을 즐겁게 하는 글

내 아우 남불이 또 책을 썼다.
원고를 받아 읽어 보니 참 재미있다.
아니, 번득이는 지혜와 날카로운 바늘이 숨어있다.
세상을 콕 찌르는.

남불은 늘 주위 사람들을 즐겁게 한다.
정작 위로 받아야 할 사람은 자기인데,
남에게 더 많은 위로를 주려고 애쓴다.

우렁찬 노랫소리에서,
세상을 향해 포효하듯 쏟아내는 웅변조의 말 속에서,
온몸을 흔들며 연주하는 하모니카 소리 속에서,
아니, 그의 이슬 맺힌 눈망울 속에서
나는 그의 생각과 삶을 본다.

남불 앵커 힘내라, 얍!!

"사소한 것이야말로 위대한 것 같습니다."

내 생각과 같다.

그래서 나는 남불을 아끼고 좋아한다.

"남불! 힘내라, 얍!!"

박경국 충북대 석좌교수

(전 국가기록원장, 행안부 제1차관)

책에 부치는 글

오늘 아침 '내로남불' 칼럼을 보면서

우리들의 친구 남불이 책을 출간한다고 한다. 그의 책에 부친다.

그를 처음 만난 건 청주 시청 앞 배범식의 대한자전거유통에서였다. 듬직하고 우람한 풍채에 전기자전거를 타고 있는 모습이었다.

그는 K대 법대를 나온 인재다. 하지만 교통사고로 어려움을 겪으면서도 젊은 날을 끈질기게 버텨냈다. 그는 애창곡 '애덜빤스'와 '시월의 어느 멋진 날에'를 구성지게 부른다. 무심천 자전거 타기를 즐기며 우리가 이름 지은 친구 털보네 '참새방앗간'에서 조우하면 막걸리 사발을 앞에 두고 이런저런 세상 사는 이야기를 나누곤 한다. 불교방송 앵커 시절엔 다음날 아침 방송분을 전날 저녁에 리허설하며 "여기는 이게 좋겠다." 하면 흔쾌히 받아들여 주기도 했다.

남불 앵커 힘내라, 얍!!

그를 지지하는 여러 친구 가운데 김관식은 단연 으뜸이다. 관식은 어느 날 '불·사·조'를 만들어 본격적으로 남불 띄우기에 돌입한다. 우리는 자연스레 한 식구처럼 뭉쳐 소년·소녀가장 돕기에 참여하기도 하고 네

팔 지진 피해 돕기 성금을 모아 사랑을 실천하기도 했다.

내가 장수에 내려가니 한여름에 그곳에 놀러와 여러 회원들과 밤을 지새우며 의리(?)를 외치기도 했고 참 많은 에피소드와 우여곡절을 겪기도 했던 우리들의 재작년 여름은 오래도록 추억으로 아로새겨질는지? 특별히 소재순남불 필자가 최면치유로 깃털 공포증을 해결한 인연이 있다이 떠오른다.

해마다 설을 두 번씩 맞는 우리들, 어릴 적 추억과 세뱃돈, 설빔 등을 떠올리게 하는 고유명절 설은 이미 지나갔으나 다시 한 번 새로운 한 해의 소원을 빌어본다.

기해신년 만사여의!
하나 되는 조국이어라!

제주도에서 송기은
(불·사·조 - 남불을 사랑하는 조직)

책에 부치는 글

삶 속 풍류(風流)의 멋과
그 도(道)를 마주하다

　책 『남불 앵커 힘내라, 얍!!』을 펼쳐 읽다 보면 남불 앵커의 일상 속 소소한 이야기들과 BBS 불교방송 앵커 시절의 방송멘트들, 그리고 칼럼들 속에서 문득 선승禪僧을 마주하게 되기도 하고, 때론 냉철한 이성으로 시대를 질타하는 지성과 마주하게 되었다가 어느 순간 자애로운 아빠요, 인심 넉넉한 시골의 인자한 미소를 머금은 아저씨의 모습으로 다가오는 저자의 모습들을 마주하게 된다.

　그리고 이렇게 다양한 모습으로 다가오는 저자의 글귀들 속에서 삶을 일깨우는 격언과도 같은 번뜩이는 가르침들과 해학 등으로 펼쳐지는 삶 속의 도道와 긍정의 흥興들을 발견하게 되는데, 이러한 삶속의 도道와 긍정의 흥興들을 쫓다 보면 물질만능의 사회로 대변되는 현 사회상의 각박한 세태 속에서 이 책을 접하게 될 독자들의 마음에 평정심을 안겨주는 한편 삶을 대하는 긍정의 힘이 가슴에 와 닿게 된다.

　그러나 이러한 감흥의 편린들이 순간순간 번뜩이는 사금파리 조각처럼 쉽게 독자의 가슴에 파고든다 하여 수박 겉 핥듯 읽어 지나칠 수만은 없는데, 그 까닭은 저자의 글귀들을 좀 더 음미하여 이해해 보려 하면 한없이 깊어지는 사고의 체계를 구축하고 있는 까닭이다. 이와 같은 한 예로 저자의 다음 글을 살펴보자.

아침에 눈 뜨며

아침에 눈을 뜨며 눈을 뜨고 있음을 바라봅니다.
오늘 살아있음을 감사히 여기며 호흡을 합니다.
순간순간 깨어 있으려 합니다.
좋은 하루 되세요^^

상기 글을 살펴본다면 아침에 눈을 뜨는 시점을 이야기하고 있는데 이 글을 가만히 살펴본다면 무언가 다름을 알 수 있다.

아침에 눈을 떠서 두 눈에 들어오는 어떤 사물을 바라보는 것이 아니라 눈을 뜨고 있는 자신의 모습을 바라보고 있다는 것은 단순히 자기 성찰을 뛰어넘어 영적 성찰靈的省察이라 할 것이며, 이를 통해 살아있음에 감사하며 호흡한다 함은 영적 성찰의 결과 생명에 대한 감사이자 영육靈肉이 일체되어 행함이 이루어지는 호흡을 한다는 것일 것이다. 그리고 순간순간 깨어 있겠다 했는데, 깨어 있겠다는 말에 있어 '깨어 있음'의 의미 또한 뜻하는 바가 크다 할 것이다.

기실, 상기의 글귀를 불가佛家에 연이 깊은 저자의 입장에서 어설

프나마 제삼자의 시각으로 보려 한다면 아침에 눈을 떠서 하루를 시작함에 있어 그날 하루의 일상 중 맞게 될 고뇌와 번민들로부터 깨달음을 얻기까지 이를 슬기롭게 헤쳐 나가며 그 과정에서의 고난과 역경마저도 즐거움으로 여기겠다는 의미가 내포되어 있을 수도 있겠으나, '깨어 있음'이란 말 하나를 갖고도 정계政界의 분들이시라면 "모두 취하여 있는데 홀로 깨어 있다."라고 했던 굴원屈原의 중취독성衆醉獨醒이란 고사를 떠올리실 것이고, 기독교인이시라면 심판의 날을 기다리며 항상 준비하란 의미로서의 깨어 있음을 생각할 수도 있을 것이다. 그러하기에 저자의 글을 접하게 되실 독자 분들 각 개개인마다 삶의 방식 또는 종교적 인식이 다를 수 있기에 이 글귀에 대한 이해는 비록 다를 수 있겠지만 그럼에도 그 속에 내재되어 있는 의미는 자못 크다 할 것이며 이러한 까닭에 이 책『남불 앵커 힘내라, 얍!!』을 논함에 있어 삶 속의 도道를 말하지 않을 수 없는 것이다.

그리고 이러한 도道를 말함에 있어 장자莊子의 말을 빌린다면 "인간의 정신은 대자연의 법칙인 도에서 생긴 것이다."라고 크게 정의하고 있기에 도인道人을 일컫는 도道를 말한다 하면 결국 대자연의 법칙인 도道를 쫓는 사람이란 뜻으로 귀결 지어질 수 있을 것이다. 또한 도道를 논함에 있어 "도道란 소유할 수는 없지만 전달할 수는 있다."라고 정의하고도 있으니, 도인道人이란 우리가 살아가는 일생의 삶이란 길에 있어 자연에 순응하여 올바로 나갈 길을 알고 또 그 길로 인도하는 사람이라 할 수 있을 것이다.

이처럼 저자의 짧은 몇 줄의 글귀를 대면하여 그 글귀를 음미하려 한다면 우리들에게 큰 울림으로 다가오며 삶을 일깨우는 격언이지만, 그 문장의 끝을 "좋은 하루 되세요^^"로 맺어 내보임으로써 일반적인 격언들이 지닌 공통점, 즉 어떤 진리를 인지시켜 가르치려는 듯한 묵중함의 이미지를 벗고 친숙하면서도 하루를 시작하는 즐거움으로서의 '흥興'으로 승화시켜 그 글을 접할 독자들에게 다가서고 있는 것이다.

'아침에 눈을 뜨며'란 짧은 글귀를 예로 들며 그 끝을 '흥興'으로 맺고 있다 하였던 바와 같이 앞서 저자의 글들을 대하노라면 '삶 속의 도道와 긍정의 흥興'이 있다 하였는데, 우리들과 같은 시대를 살아가며 치열한 각축장이란 사회 속, 수많은 사람들과 부대끼는 삶 속에서 저자가 '긍정의 흥興'을 발현해 낼 수 있었던 바탕에는 책 속 다음 글에서와 같은 대인관對人觀을 갖고 있었던 까닭도 한몫하지 않았을까 싶다.

사람을 대할 땐

사람을 대할 때, 그냥 사람 자체로만 보아야 한다.

무슨 이즘이라든가, 귀천, 권력의 유무, 종교의 차이는 아무 문제가 아니어야 한다는 견해를 가지고 만나야 할 것이다.

사람 냄새가 폴폴 날 때, 사람을 만난 즐거움도 그 자리에서 꽃피지 않겠는가!

상기 글은 그 누구의 설명 없이도 쉬 이해할 수 있는 이야기이지만 이해가 된다 하여 일상 삶 속에서 실행한다는 것이 쉽지 않다는 것 또한 그 누구나 알 수 있는 것일 것이다. 그러나 저자의 일상 속 이야기들을 펼쳐놓은 이 책을 보노라면 저자는 사람을 대할 때 실제 글과 같이 대하고 있음을 알 수 있다. 그러한 까닭에 책 속 글에서처럼 저자가 저자의 선·후배들과 삶을 논하며 상담역을 수행하기도 할 수 있었던 것이 아닐까 싶다.

위에서 저자의 짧은 글 둘을 예로 들어 좁은 안목으로나마 바라본 바를 이 책을 마주하게 되실 독자 분들 앞에 어설피 말씀드려 보았지만 이렇게 좁은 안목으로 본 바일지라도 그 모든 것들을 말하려 한다면 이 또한 끝이 없을 것 같아 책『남불 앵커 힘내라, 얍!!』전반을 통해 느낀 바를 간략히 말씀드리며 어설픈 글을 맺을까 한다.

저자는 자신감 상승 동기부여 강의로 전국의 관공서와 교육기관 및 단체 등을 순회하며 '자신감'이라 불리는 최상의 명품 옷을 착용시켜 주는 강사로서 맹활약 중이기도 한데, 저자가 책 표지 하단에 "삶은 풀어야 할 수수께끼가 아니라 누려야 할 향연이다!"라고 선언했듯이 이러한 사고에 기반을 둔 그의 글들에 스며있는 삶 속의 도道와 흥興들을 보노라면 절로 '풍류도風流道'라는 말을 떠오르게 한다.

풍류에 대한 최초의 기록은 신라시대 최치원의 '난랑비서문鸞郎

碑序文'에서 "나라에 현묘玄妙한 도가 있으니 풍류風流라고 했다."라고 적고 있는 데서 찾아볼 수 있는데 그 후 삼국사기에서는 "우리 고유의 현묘한 도인 풍류는 유儒, 불佛, 선仙의 삼교三敎를 포함하고 있다."라고 적고 있다. 이것이 후세로 내려오면서 현재는 풍류에 대하여 여러 가지 해석을 내놓고 있으나, 사전적 의미로써 풍류를 말한다면 "멋스럽고 풍치가 있는 일 또는 그렇게 노는 일."이라 정의하고 있다.

풍류를 "멋스럽고 풍치가 있는 일, 또는 그렇게 노는 일"이라 할 때 여기에 도道가 더해져 풍류도風流道라 하면 단순히 노는 것이 아니라, 인격의 도야를 목적으로 하여 멋스럽게 노는 것을 말하게 되는데, 이는 노는 것을 '도道'의 경지에까지 끌어올린 것을 이르게 된다.

하기에 이 책을 대하시는 독자 분들께서 단순히 우리들 이웃 중 한 사람인 남불 앵커의 삶 속 소소한 이야기들이란 관점이 아니라 남불 앵커의 삶 속 풍류의 도로서 "삶을 누려야 할 향연"으로 하여 "삶을 멋스럽게 노는 도"를 펼쳐놓은 책이라는 관점으로 마주하시게 된다면 얻는 바가 한없이 크고 깊어지시리라 기대하며 이 책을 덮으시며 불타와 같은 미소를 머금으시게 되시길 기원 드린다.

靑巖 고청명(시인)

책머리에

　페이스북이 인연이 되어 _{최초의 단행본}『힘내라, 얍!』_{비움과소통}을 책으로 내게 되었고 전국을 다니면서 자신감 동기부여 특강을 830회 진행한 장면이 주마등처럼 스친다.

　이 책은 때로는 훈훈하고 때로는 아릿한 생활 속 삶의 이야기들과 앵커 생활 동안 했던 방송 멘트 및 칼럼으로 짜여 있다.

　사노라면 궂은일도, 신나는 일도 있게 된다. 필자의 어려웠던 시절 살아왔던 삶의 궤적들 하나하나는 독자들로 하여금 입에 살며시 미소를 머금게 할 것이다.

　힘든 일도 언젠가 지나가리라. 마찬가지로 좋은 일도 그러하다.
　외눈박이가 아니라 양 눈으로 보는 안목이 필요하리라.
　세상은 아무런 문제가 없다. 다만 나의 문제일 뿐.

　이 책이 나오기까지 어려울 때마다 한결같이 따뜻한 마음 내어주신 행복에너지 권선복 대표님께 우선 고마운 마음을 전한다.

그리고 늘 어려운 살림에도 내공이 있는 마나님 김희경과 이제는
어엿한 전교 부회장이 된 초5 효주, 대학생이 된 아들 기범이에게도
고맙다.

　　남중 시절 영어선생님이셨던 이영일 선생님지금은 스님이시다과 늘
한결같은 최상영 친구와 오창하워드 존슨 청주호텔 함성근 대표와
서태원 님 그리고 친동생 남정 그리고 늘 친동생처럼 아껴주는 오
원교 형님 그리고 아직 얼굴 한번 못 뵈었지만 태평양 건너 미국에
서 늘 응원해주시는 은옥 바크너 할머니와 효주를 살려주신 이욱
국장님께 고마움을 전한다. 그리고 충주 주덕에서 묵묵히 한의원을
하고 있는 이정수 친구에게 특별히 고마움을 전한다.

　　끝으로 새벽마다 기도 올리는 어머니와 장인, 장모님의 건강을
기원하면서….

청주에서
남불, 두 손 모아

* 천하의 운당(芸堂) 선생이 써 주신 휘호다.

1장

오늘은
분명 멋진 날

1

저를 세상에서 가장 짧은 시를 지은 시인이라 불러 주세요

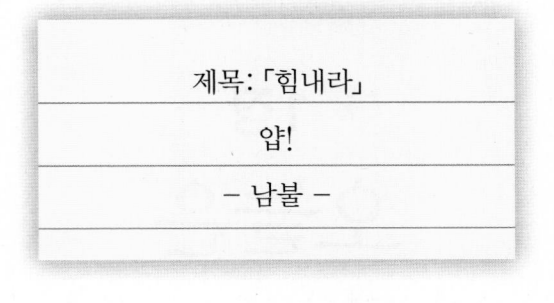

제목: 「힘내라」
얍!
– 남불 –

2

존버정신

젊은이들에게 해줄 말을 부탁받은 이외수 씨가 이렇게 대답했다고 하네요. "존버정신이 필요합니다."라고요. 이에 존버정신이 무엇인지 궁금하여 뜻을 묻자 이외수 씨는 대답했습니다.

"네. 존나게 버티는 정신이지요."

오늘도 유쾌한 하루 되십시오. ^^

3

아침에 눈 뜨며

아침에 눈을 뜨며 눈을 뜨고 있음을 바라봅니다.

오늘 살아있음을 감사히 여기며 호흡을 합니다.

순간순간 깨어 있으려 합니다.

좋은 하루 되세요.^^

4

아, 마음이여!

사랑과 증오.

애증이야말로 우리네 인간사를 대변하는 말일게다.

사랑할 때 그 마음은 넓고 넓어서 온 우주를 품지만, 틀어지면 오죽

바늘귀 하나 꽂을 틈이 없다 했는가!

애증의 뿌리는 본래로 하나라.

사랑의 강도가 클수록 증오의 강도도 커지니,

간사할손 우리네 마음.

마음이라 마음하는 그 마음이여!

찾기가 어렵구나….

━━ 5 ━━

불면증 특효약

혹시 불면증이 있으신 분은 읽어주시면 고맙겠습니다.

언젠가 전화를 받은 적이 있습니다. 부인이 심한 불면이라 한 달 넘게 잠을 못 이뤘다고요. 그래서 남편 분의 전화에 이리 대답했습니다.

"하룻밤 꼬박 새우고 한숨도 자지 말고 오라고 사모님께 전해 주세요."

다음 날 바로 남편 분이 전화하셨습니다.

"고맙습니다. 잠을 푹 자더군요."

불면증이 있으신 분들께 똑같이 해 보라고 말씀드립니다.
오늘 밤 한숨도 주무시지 말라고요.^^

6
이혼 전문 변호사를 상담하다

충주 지역에 사는 잘 모르는 변호사 한 분이, 어느 변호사님의 소개
로 저를 찾아온 적이 있습니다. 부인이 이혼을 요구하고 있다는 것
입니다. 자기가 이혼 전문 변호사인데 말이죠.
자그마한 선술집에서 그의 얘기를 들어 주다 결국 누추한 저의 집
에서 한참을 얘기 나누고 결국 다음 날 아침밥 먹여 터미널까지 모
셔다 드린 적이 있지요.
차에서 내리는 그분께 제가 한마디 던졌습니다. 영어로.

"You must be born again!"

당신은 거듭나야 한다고요.

오늘 아침 이 글귀가 오히려 저를 후려칩니다.

━━━ 7 ━━━

어느 아픈 후배 이야기

간만에 후배 녀석이 찾아와 이런저런 사는 얘기를 들어주고 있습
니다. 상처가 상당히 많은 내성적인 친구인데요, 아픔이 의외로 많
더군요.

한참을 참았던 터라 많은 스토리를 쏟아냅니다. 이럴 땐 최대한 귀
기울이고 진심으로 들어주어야 할 것입니다. 몇 시간 더 대화를 나
누어야 할 것 같습니다. 찾아오는 후배가 오히려 고맙지요.

지금 그 후배는 강아지랑 서울에서 살고 있습니다.

남불 앵커 힘내라. 얍!!

ᐧᐧᐧ 8 ᐧᐧᐧ

화려한 옷과 장신구

화려한 옷과 장신구.

겉 포장이 화려할수록 내면은 초라할 수 있습니다.

ᐧᐧᐧ 9 ᐧᐧᐧ

임진년 새해 아침에

아~새해 새 아침이다.

언제부턴가 용틀임 있더니 이미 흑룡 한 마리 솟구쳐 오른다.

오늘 이 산하에 희망의 솔씨 하나 심어본다.

울울창창 청정한 솔숲 이룰 희망씨.

산청청 물철철

대한민국 금수강산 영원함이며

각자마다 품은 뜻 지킴이로다.

오늘 우리가 살아 호흡하매

흑룡의 기상이 산하를 외호하며

솔씨의 희망이 우리를 성장케 하라.

오늘 새해 아침의 호연지기가

정녕 꿈만이 아니었음을 추억케 하라!

새해 새 아침에 지혜의 빛 혜광慧光 남불 삼가 읊어보다.

━━◆◆━━◆◆━ 10 ◆◆━━◆◆━━

물은 물이요, 물은 셀프로다

산은 산이요, 물은 물이로다.
많이들 알고 계실 듯한데요, 얼마 전 한 식당에 붙어 있는 글귀를
보고 크게 웃은 적이 있습니다.

"물은 물이요, 물은 셀프로다."

웃으면서 하루를 여세요. ⌣

집중

자신감이란 집중의 다른 말 같습니다.

먹종이를 태우려면 크기에 관계없이 볼록렌즈를 고정시켜야 가능
하지요.

집중하게 되면 무엇이든 할 수 있게 된다고 봅니다. 그리고 내 자신
안에 모든 것이 이미 구비되어 있습니다.

영어, 불어 건배사

정초가 되면 많은 결심들을 하게 됩니다. 세우신 뜻 잘 지키고 계신
지요?

저의 올해 목표는 단 하나. 최대한 집중하기 위해 딱 한 가지만 세

웠습니다. 다행히도 아직까진 선방입니다. 하지만 약간(?)의 눈총은 받을지도 모르겠습니다. 어제도 두 차례의 술자리가 있었습니다만 첫 번째 자리에선 건배사만 했구요, 두 번째에선 끊었다고 해서 넘어갔습니다.

유독 한국사회의 공동체 의식이 강하게 자리하는 곳이 바로 술자리인데요. 그래도 정초에 세운 뜻, 올 한 해 최대한 절주하자는 소중한 생각을 품어 볼 요량입니다.

건배사를 하라기에 영어로 하겠다고 하고 말했습니다.

"원 샷~"

웃음이 터져 나왔고, 내친 김에 불어로 한 번 더 건배사를 했습니다.

"마셔 부러~"

오늘도 유쾌한 날 되십시오. ^^

추우면 예뻐지는 얼굴들

날이 몹시 추우니 길거리 사람들이 옷깃을 동여매고 추위와 한판 하느라 얼굴이 환합니다. 잡생각이 일어나지 않는 까닭이지요. 한 생각 일어나지 않음이 얼굴을 밝게 만드는 듯합니다.

가끔은 추울 만도 합니다.^^

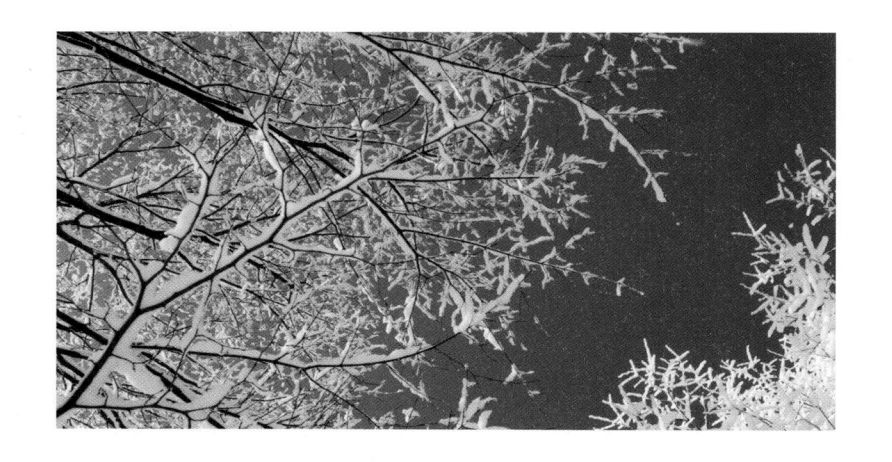

◄◄•───≪≪ 14 ≫≫───•►►

말 없는 말

번드르르한 말과, 말 없는 말. 속마음을 감추고 겉으로만 미안하다고 하는 말도 있지만 진짜 미안해서 얼굴 빨개지며 머리만 긁고 말 한마디 못 해도 우리는 안다. 비록 말은 없지만 말 없는 가운데 참 말을 전하는 것이다. 말이 넘쳐흐르는 이 시대. 때론 말 없는 참말 을 듣고 싶을 때가 참 많다.

❮❮❮ 15 ❯❯❯
교과부 초청특강!

교과부에서 연락이 와서 충주 한화리조트에서 교과부_{지금은 교육부} 직 원 270명 대상으로 '자신감 급상승 프로젝트' 강연을 했습니다. 뜨 거운 반응과 동시에 여러 군데서 특강 제의가 쇄도했습니다. 이 강 연은 제 스스로에게도 커다란 자신감을 심어 준 소중한 강의였습니 다. 강의 후 건배사도 하라 하여 영어로 "원~샷!" 불어로 "마셔 부 러~" 유쾌한 추억으로 자리합니다.^^

남불 앵커 힘내라, 얍!!

여덟 살 무렵 잠시 음성에 1년 정도 살 때의 일입니다. 막걸리를 꽤
나 좋아하는 선친이 자주 막걸리를 사 오라 하여 집에서 꽤 떨어진
주막거리에 가서 주전자 반 되를 사오곤 했습니다. 오는 길에 무슨
맛인가 궁금하여 홀짝홀짝 먹어 본 경험이 지금도 생생하네요.

대학도 하필이면 민족대학이라 하여 막걸리를 즐기는 학풍의 고대
에 입학하였는데, 유도부 주장酒長을 맡아 꽤나 마시게 되었습니다.
이 동네는 냉면 큰 사발에 그냥 원~샷.

대학 입학 환영식에서 1차를 거쳐 동틀 무렵이 되자 무려 5차인지
6차인지는 가물가물하나 5명이 살아남아 포장마차에서 낄낄거리던
추억이 새삼스럽기까지 합니다.

고등학교 원탑 문학반 시절에도 막걸리 공장을 하던 친구네 집에서
검인 도장도 안 찍힌 막걸리 한 박스 가지고 신나게 먹던 추억이 있
으니 막걸리하고는 꽤나 깊은 인연이 있나 보네요.

무수한 세월이 흐르다 보니 어느새 중년. 지난 11월은 포도요법을
하게 되었습니다. 우연히 조령산에서 알게 된 한 선배님과의 조우
에서 17년간 포도요법을 하고 있는 그 선배의 말씀에 공감이 가 바
로 해 보게 되었습니다. 생수와 포도만 먹는 단순한 방법이지만 물
론 금주·금연·금욕·금식이 뒤따라야 하니 만만치는 않은 포도요법입

니다.

2주를 목표로 진행하였는데 워낙 컨디션이 좋아져서 내친김에 3주를 해 보았습니다. 그 결과 시력은 좋아지고_{아마 간이 살아나는 징조겠죠} 컨디션은 상당히 좋아져 5시간씩 산을 타도 과히 지치지가 않았습니다. 매일매일 집 뒷산을 타면서도 거뜬해짐을 느꼈습니다. 11킬로그램의 몸무게 감량효과는 차라리 부수적이었고, 의식의 확장이 일어나 용서하는 마음이 자리 잡게 되었습니다.

그러나 12월 들어 다시 막걸리 한 잔 마시게 됨을 시작으로 보름간의 술잔치가 시작되었습니다. 꺼져가던 배는 다시 불러 오고, 컨디션은 서서히 떨어지기 시작했습니다. 시력도 탁해지며, 무엇보다도 의식도 탁해지는 듯했습니다.

오늘 아침 문득 눈을 뜨니 1년만 술을 끊어 보면 어떨까라는 생각이 들었습니다. 하여 마나님께 얘기했더니 얼굴에 화색이 도네요. 5학년짜리 아들 녀석은 딱 한마디 하네요.

"될까?"

만만치 않은 여정이 되겠으나 내년 크리스마스를 기다리기로 합니다. 메리 크리스마스^^

그렇게 1년 반을 끊어 체통을 세웠습니다.

남불 앵커 힘내라. 얍!!

17

아뿔싸!

얼마 전 일입니다. 오전 8시 10분 스튜디오에서 문득 두고 온 지갑을 알아챘습니다. 오프닝과 클로징 멘트를 적은 A4 종이를 지갑에 두거든요. 하여 집사람에게 급히 가져오라 했습니다. 8시 27분께 방송국 앞에서 초조하게 기다리는데 "틀렸어~" 하는 마나님 전화.

"우씨~!"

8시 30분 생방이라 우여곡절 끝에 진행을 마치고 집에 돌아가니 그 짧은 시간에 난리가 났더군요. 사연인즉 잠에서 덜 깬 집사람이 허겁지겁 택시를 잡아타고 오다 보니 아차~본인의 지갑을 가져간 것. 급히 차를 돌려 6학년 아들 기범이에게 빨리 아빠 꺼 가져오라 한 것입니다.

그 와중에 처음 전화를 받은 우리 딸은 "엄마~근데 무슨 말 하려고 그래?"
답답한 엄마는 "빨랑 오빠 바꿔~"
옆에 계시던 장모님은 "전화 이리 줘라~"
사정 모르는 딸 "아냐~오빠 바꾸래."
결국 등굣길에 바빴던 기범이가 문을 열고 보니 마침 15층에 서 있

는 엘리베이터. 급한 마음에 9층부터 다다다다~뛰어내려 2층에서
휙 엄마에게 던진 건 아뿔싸! 제 수첩!! 이때서야 제게 걸려온 집사
람의 전화 "틀렸어~"

오늘도 좋은 날 되십시오. 지갑 자알 챙겨서 아침 방송하러 나갑니다.

⟪⟫ 18 ⟪⟫
어느 일요일 아침의 넋두리

아직 남은 하얀 눈 땅 밑에
움터 오는 푸른 보리싹 소식.
이는 필시 봄이 성큼 다가섬이로다.

춥고 꽁꽁 얼어붙은 동토에도
희망의 새싹은
강한 생명력으로 꿈틀대고 있다.

여느 때처럼 눈뜬 일요일 아침
천지는 고요한데
마음만은 넉넉하다.

━━━◄◄◄ 19 ►►►━━━

눈 오는 날 강의

눈이 몹시 내리는 오늘, 금천동 소재 주성고등학교에서 선생님들을 모시고 자신감 동기부여 강의를 진행하고 왔습니다. 1시간 30분 동안 했는데요, 여선생님들이 훨씬 적극적으로 참여하는 것이 확연하더군요.

흥부놀부가도 한 대목 불러보고 마인드 컨트롤 중 강력한 프로그램인 삼지법과, A/T 자율훈련법이라 하여 1930년대 독일 슐츠 박사가 개발한 명상프로그램도 실습했네요. 노벨상 후보까지 올랐던 탁월한 명상법입니다.

최선을 다하고 나오니 눈이 펄펄 쏟아지네요. 선생님들의 긍정적인 변화가 학생들에게도 영향을 주었으면 하는 간절함을 안고 돌아왔습니다. 다음번엔 학생 간부들 대상으로 강의를 하라 하시네요.

*✦────✦✦ **20** ✦✦────✦*

108 번뇌에 대하여

보통 성인들이 하루에 몇 번 정도 생각을 할까요? 미국의 심리학자 쉐리 헴스테드에 의하면 무려 5만 번이나 생각한다고 합니다. 옛사람들이 '오만 가지 생각' 운운하신 것이 대단하다 할 것입니다.
그럼 이런 수많은 생각 중에 긍정적인 생각은 어느 정도나 할까요? 불과 25% 정도만 긍정적인 생각을 하고 75%는 부정적인 생각을 한다는 실험데이터가 있습니다. 결국 자기가 만든 생각의 굴레에 자기가 갇힌 꼴이 되는데요, 스스로의 심리적 감옥에서 이리저리 헤매게 됩니다.

'108번뇌'라는 것도 자기 마음의 장난이요, 한 생각 일으킨 탓이니 번민과 고민이 일 때마다 스스로를 살피는 일이 요긴할 것입니다.

무심천 길을 걸어본다.
천을 따라 조성된 조경 빛이 아름답다.

3월이라 그런가?
밤이지만 걸을 만한 날씨다.

낮엔 그동안 소원했던 후배를 만났다.
그간의 서운함을 푸는 자리.

누군가 만났다가 좋아하고, 또 틀어지면 미워하기도 한다.

오늘 중학교에 입학하는 아들에게 아침에 해 준 얘기다.
친구들과 친하게 지내고 싸움 걸면 져 주라고.
지는 게 이기는 거라고.

얼마나 알아들을지 모르지만 훌쩍 커 버리면 이해할 날이 오리라.

무심천 바람이 불어온다.
모든 애증을 담아 날아간다.

진정한 친구

진정한 친구란 어떤 틀이 없이 서로를 바라보는 것이 아닐까.
기브 앤 테이크 식 관계가 아니라 먼발치에서도 지켜봐 주는 것.
그리하여 만났을 때 어색함이 없어야 할 것이다.

불가근 불가원不可近 不可遠이란 말이 있다.
가깝지도 멀지도 않게 사귀라는 말씀이다.
말은 쉽지만 행하기란 그리 만만치 않아 보인다.

살펴야 할 것

오늘부터 좌우명 삼기로 합니다.

"홀로 있을 때는 마음의 흐름을 살피고,
여럿이 있을 때는 입의 말을 살펴라."

남불 앵커 힘내라, 얍!!

생과 사의 갈림길에서

생과 사의 갈림길. 간밤 내내 수술실 앞에서 지켜봐야 했습니다. 뇌출혈로 쓰러진 이제 마흔 여덟인 손윗처남. 다행히 수술은 잘됐다고 하지만 워낙 예후가 안 좋아 열에 하나 확률로 정상생활을 할 수 있다네요.

그래도 기적을 믿기로 합니다. 이제 스물일곱 살 되는, 어쩌면 아빠를 잃을지도 모를 조카에게 간곡히 말했습니다. 당장 담배를 끊으라고.

벚꽃과 개나리

벚꽃과 개나리.
청주 무심천에 활짝 핀 하얀 벚꽃과 노란 개나리의 조화가 일품이다.

벚꽃은 확 피었다가 아쉽게 후두둑 떨어진다. 화끈하다.

하여 나는 벚꽃을 사랑한다.

개나리는 보다 일찍 피어 꽃이 시든 이후에도, 볼품없어진 이후에

도 붙어 있다. 이런, 꼭 누구 닮았다.

진실은 벚꽃 닮았다.

아쉬움을 주지 않는가.

◆←──────≪ 26 ≫──────→◆

도약

도약!

높이 뛰어오르기 위해서는 어떠한 두려움도, 머뭇거림도 없어야 할

것입니다.

남불 앵커 힘내라, 얍!!

마치 수면 위를 박차고 오른 물고기처럼. 오늘은 분명 멋진 일이 일어날 겁니다.

늦둥이 딸 효주와의 대화

오늘 마침 봄비가 내려 다섯 살 되는 효주에게 물었더랬습니다.

"효주야. 비 오니 좋아?"
"응. 좋아~"
"왜 좋아?"
"응. 내리니까?"

심플한 딸의 대답에 웃고 말았습니다. 하여 또 물었지요.

"눈이 좋아, 비가 좋아?"
"눈이 좋아."
"왜?"
"첫눈에 반했어~"

빵~ 터졌습니다. 어린이는 어른의 스승인가 봅니다.

어머님께 카네이션 미리 달아드린다고 남정 동생네 식구들과 저녁
을 같이했더랬습니다.

조카들은 부쩍 커 있고 어머니는 많이 야위셨네요.
효주는 "할머니 사랑해요. 축하해요." 편지를 써서 드렸구요~

아직도 일하시는 어머니를 볼 때마다 죄짓는 듯해 맘이 무겁습니다.
세상이 비록 만만찮아도, 내 뜻대로 되지 않는다 해도, 이 또한 다
듬어 가는 과정이기에.

오늘은 분명 멋진 일이 일어날 거야~^^

◄◆———◄◆◆ 29 ◆◆►———◆►

5월에

계절의 여왕이라는 5월입니다. 연둣빛 신록은 자연이 주는 아름다
움을 저절로 느끼게 하고 도처에 피어난 꽃들은 봄에 무르익어 여
름을 재촉합니다.

5월은 또한 가정의 달이기도 합
니다. 어린이날을 필두로 어버
이날, 스승의 날, 성년의 날, 부
부의 날 등 그야말로 행사가 유
난히 많지요. 가족의 웃음꽃이
피어날 때 비로소 가정이라고 말
할 수 있을 것입니다. 아무리 힘
든 상황이 펼쳐져도 서로를 신뢰

하고 아낀다면 험한 파고는 이내 잦아들 것이 분명합니다. 가정의
달을 맞아 가족의 참된 의미를 새겨도 좋을 듯합니다.

◆◄──────◄◄ 30 ◄◄──────►◆

158만 도민의 이름으로 감사패를 받았네요

감사패

청주불교방송 앵커 남불

충청권의 동맥인 국제과학비즈니스벨트는 미래의 희망이요, 새 도약의 발판입
니다. 다 함께 가꿔가야 할 번영의 요람입니다. 이 요람의 뒤안길에 임의 혼이
서려있고 열정을 쏟은 자리엔 푸른빛이 감돕니다. 고맙고 감사한 마음을 158만

도민과 함께 여기 곱게 새깁니다.

2012년 5월 16일 충청북도 지사 이시종

1만 명 청주체육관 앞에서 1부 사회를 맡아 청중들을 동기부여 시킨 장면은 평생 잊지 못할 추억으로 자리매김할 것 같네요.^^

<hr>

31
기적

지금 막 김민제 조카에게 전화가 왔습니다.

뇌출혈로 쓰러졌던 효주 외삼촌이 중환자실에서 일반실로 옮겼다는 신나는 낭보입니다.
6일 전 쓰러져 수술했을 때만 해도 10%의 기적만 바라는 처지였는데요, 이제 기적이 이루어지는가 싶습니다.

아들 돌보느라 장모님이 병원 계시고 효주 돌보느라 집사람도 어제 다니던 학원을 접어야 했는데요.
무엇보다 기도해 주신 우리 님들 덕분이 아닌가 싶습니다. 장인 어르신도 난생 처음 기도해 보았다 합니다.

남불 앵커 힘내라. 얍!!

기적!

간절히 바라니 일어나는군요.^^

<hr>

32

부처님 오신 날

오늘은 부처님 오신 날.

아기 부처가 천상천하유아독존을 외친 뜻은 하늘 위나 하늘 아래서
도 참나가 홀로 존귀하다 한 것.

그릇된 자아로부터 벗어나는 길을 일러준 성인의 탄생을 기뻐합니다.

생과 사의 갈림길

병원에 입원해 있는 효주 외삼촌 보러 왔습니다.
조카가 흥분해서 말하네요.
아직까지 최상이라고요.

의사선생님이 말씀하셨다는데 아직 안심단계는 아니지만 경과를
지켜보자 하네요.

이 글 작성 도중 잠깐 들어가 처남 얼굴을 보았습니다.
알아보고 씩~웃습니다.

그 사이 옆에서 곡이 터져 나왔습니다.
막 한 어머님이 돌아가셨나 봅니다.

생과 사의 갈림길,
중환자실의 모습입니다.

무탈히 사는 것,
행복이 별거 아닌 것 같습니다.

34
구슬픈 봄비

강의를 천안서 마치고 막 출발하려는데 울먹울먹한 목소리로 장모
님께서 전화하셨다.
상태가 악화되어 처남 재수술 들어갔다고.

집사람에겐 알리지 말라는데 어쩐다.
봄비가 구슬프다.

35
처남

뇌출혈로 쓰러졌던 처남과 이런저런 얘기 나누고 있습니다.
지난 6주간 생사의 고비를 여러 번 넘겼는데요.

정말이지 꿈만 같습니다.
대신 고맙다는 얘기 전해 드립니다.^^

여러분, 고맙습니다~

금일봉

안남영 형님이 점심을 같이 먹자 하여 나갔더니, 헤어질 때 금일봉을 주신다. 미리 주는 특강비라며…. 고마워서 받았다.
마침 엄마를 만나게 되어 간만에 그 봉투를 드렸더니, 손사래를 치다 받으신다.

비는 오는데…. 불효자의 마음은 울고 있다.

대한불교수도원 견학

아들 녀석을 데리고, 우암산 자락에 위치한 대한불교수도원으로 갔다. 오늘부터 대웅전에서 중·고등부 법회를 하는데, 영어의 숲을 보여주고자 열강을 했다.

영어의 숲은 의외로 단순하다.
청크Chunk, 문맥 덩어리를 기자회견식 문답처럼 궁금한 순서로 연결하면 그뿐이다.

마침 종교가 각각 다른 산남고등학교 1학년 여학생들이 견학을 와서 신나게 땀을 흘리고 왔다. 만공 선사의 수박 화두와, 빌 클린턴 대통령의 수락연설문을 영어로 진행해 보았다. 강의를 들은 학생들이 멋지게 성장하기를 기대해 본다.

38
108배

지금 막 108배를 마쳤다.
한여름 폭염인지라 온몸에 땀이 비 오듯 쏟아진다.
부주의한 언행으로 상처 입었을 모든 존재에 참회하는 간절한 마음으로 절을 해 보았다.

39
사람을 대할 땐

사람을 대할 때, 그냥 사람 자체로만 보아야 한다.

무슨 이즘이라든가, 귀천, 권력의 유무, 종교의 차이는 아무 문제가 아니어야 한다는 견해를 가지고 만나야 할 것이다.

사람 냄새가 폴폴 날 때, 사람을 만난 즐거움도 그 자리에서 꽃피지
않겠는가!

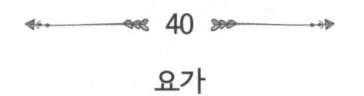

요가

간밤에 한 모임에 갔다가 요가를 엉겁결에 하게 되었다.
실은 튀려 마음먹었는데 어찌하다 보니 한 시간가량 땀을 흘리게
되었다.
야속한 시간, 더디 감을 느끼며 결국 물리치료를 받고 왔다.
아무리 좋아도 내게 맞지 않으면 그림의 떡인 게다.

모교

30년 만에 찾은 모교. 제가 청주고 58회인데요, 88회가 되는 고교
1학년 전교생 300명의 후배들에게 동기부여 특강을 하고 왔습니
다. 너무 너무 감개무량하네요.

아이들의 호응도가 집에 온 지금까지도 감동을 줍니다. 선배라고

열심히 경청해 주고 큰 박수와 환호를 죽어라 보내 준 똘망똘망 눈망울을 평생 잊을 수 없을 것 같습니다.

청주고 1학년 시절, 당시엔 '청고인의 광장'이란 선배 초청 특강이 있었습니다. '언젠간 나도 저 무대에 서리라.'라고 마음먹은 적이 있었는데 꿈 하나를 이룬 셈입니다. 평생 잊지 못할 장면으로 추억될 것입니다.

박 꽃

청주고 1학년 5반 남불

새도록
귀뜨기 연가타고 흐르는
고요한 선율속에
가을 뜨락 수능은 박꽃의 만개

부끄러
쓸쓸한 지금에서 피우었기에
부시도록 화안함을 누라서 엿볼까

홀연히
한가닥 갈바람 스치고 간 끝
박꽃에 피어난 그리운 우리 누야

검뽀얀 휘장은 시나브로 검혀 가는데
귀뚤 귀뚜르
차운 하늘에 번지는 향수에 젖은 노래

42

꿈나라 여행

효주가 책 한 권을 들고 쪼르르 오더니만 같이 읽자고 한다. 한참을
또박또박 읽는데 잠이 솔솔 온다.

책 제목은 『꿈나라 여행』, 효주 읽는 소리가 자장가 같다.^^

남불 앵커 힘내라. 압!!

43

진천여중 강의

진천여중 1, 2학년 학생 500명을 대상으로 '자신감 급상승 프로젝트' 동기부여 특강을 진행하고 왔습니다. 휴~ 살아 돌아왔네요.^^
역시 만만찮은 친구들입니다. 특히 열심히 호응해 준 2학년들 덕분에 힘을 내어 내공 3갑자 쓰고 왔어요.^^

44

기분 좋은 비

시원하게 쏟아지는 비를 기뻐하며 자전거를 타고 집에 들어왔다.
온몸이 비로 흠뻑 젖었지만, 기분 좋게 비를 맞으며 자전거를 탔다.
가뭄 해갈에 조금이라도 도움이 되기를….

이럴 때 오는 비는 "비님이 오신다"가 아닐까.

❦ 45 ❦

기일

내일이 중복, 폭염이 대단하다. 약 700명의 세종시 자신감 동기부여강연을 무탈하게 마치고 집에 돌아왔다.

오늘이 선친 기일. 꽤 더울 때 돌아가셨다. 재수할 때였으니 이미 27개 성상이 흘렀다.

며칠 전 효주가 "사람이 죽어?"라고 묻기에 애 엄마가 "응, 100살이 되면⋯." 했더니 갑자기 눈물이 주렁주렁~. 아이도 죽음에 대해서는 막연히 두려운가 보다.

아버지가 사고로 돌아가셨을 때 천붕天崩이 비로소 무엇인지를 깨닫게 되었다. 49세의 아까운 나이. 지금 내가 그때의 아버지의 나이가 돼서 다시 한번 아버지를 추억해 본다.

오늘 아침 작은 할머니 부고 소식을 접했다. 어젠 지인의 부군이 급작스레 돌아가셨다는 뜻밖의 소식도 들었다.

매미 소리 구슬프다⋯.

46

시외버스

서울 강의차 시외버스로 남서울터미널에 막 내렸다. 눈에 띄는 앞
자리 지갑.

목소리 크게 "지갑 놓고 가신 분!"을 몇 번 외치니, 한 남학생이 허
겁지겁 달려온다. 연신 고맙다고 인사하고 갔다.
곧이어 운전기사님이 인사한다. 강의 잘 들었다고. 예전에 강의 들
으신 분 같다.

서울 도착하자마자 기분 좋다!

47

숲

맨발로 집을 나섰다. 한 발 한 발 걸어 도착한 집 뒤 숲 속의 쉼터.
40분 정도 걸으면 등장한다. 막판 언덕길을 올라 땀을 흘리고 나면
나무 그루터기가 있다. 앉아서 쉰다. 이때 아래로부터 시원하게 부
는 바람.

숲은 에너지 공급처다. 산새 소리, 풀벌레 소리~ 모두가 정겹다.

숲이 있어 우리를 늘 위무한다.

숲은 생명이다.

48
에너지 넘치는 아침

남불 앵커 힘내라. 압!!

오늘 아침은 제법 삽상_{바람이 아주 시원하게 불어 마음이 상쾌함}하다.

아침 생방송을 마치자마자 오창으로 가서 취업반 대학생들에게 '자신감 급상승 프로젝트' 특강을 3시간 동안 진행하게 된다.

최선을 다해 에너지를 쏟아내야겠다. 아침밥은 이미 든든히 먹고 나섰다.^^

49
고등학생을 만나다

아파트를 막 나서는데, 모르는 고등학생이 꾸벅 인사를 한다. 고개를 갸웃거리니, 오송고등학교 학생이란다. 강의 들었다고. 반갑다! ^^

오늘 아침 진천에 있는 중학교 전교생 특강 제의가 왔다. 아~ 중학생들은 좀 더 내공을 써야 한다. 그래도 고마운 일. 실제로 강사들의 무덤이 중·고등학생들이고, 특히 중학생들은 더욱 그러하다.

맨발 숲길

맨발로 걷는 집 뒤 숲길.
뭇 새들이 반기고, 청량한 바람이 이
마의 땀을 식힌다.
좋다.

특히 맨발 걷기는 당 수치를 크게 떨
어뜨리는 효과가 있어 강추한다!

TV와 딸

아! 대형 사고다.
집 TV 모니터가 반밖에 안 나온다. 기사님이 다녀가셨는데, 원인
은 누가 물을 넣었다고…. 아뿔싸!

효주가 이실직고한다. 물뿌리개로 슬슬 뿌렸다고. 범인은 효주다!

앤 옆에서 실실 웃고 있다.

52

어머니 마음

엄마에게 전화가 왔다. 보약 꼬박꼬박 잘 먹으라고.
오히려 해 드려야 하는데, 완전 거꾸로다.
언제쯤 효도할 수 있을까?
아직도 엄마 앞에서는 애기다.

53

딸의 효도

집에 들어오니 효주가 다리를 주물러 주고, 허리를 밟아 주고, 수박
도 챙겨 온다. "아빠, 내가 변했지?" 한다.

애교 만점이다.

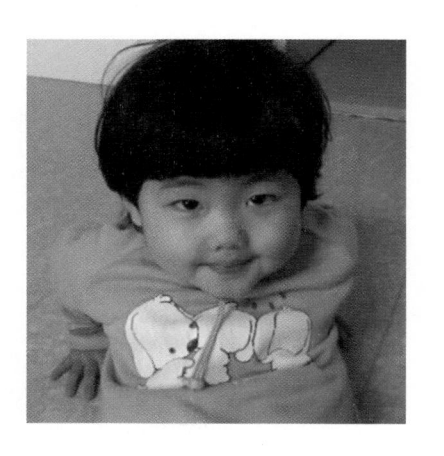

삶

마지막 순간까지 포기하지 않는 것!

절망의 순간에도 지켜보는 것!!

운동화 끈 질끈 동여매는 것!!!

삶은 풀어야 할 수수께끼가 아니라, 누려야 할 향연임을.

멋진 일

지금 막 서울에서 아내의 전화가 왔다. 얼마 전 B형 간염으로 판정된 중학생 아들이 일시적인 현상일 뿐 B형 간염이 아니라고 한다. 결국 아들과 삼성병원 간 전문의를 찾았는데 기쁜 소식이다. 몇 날

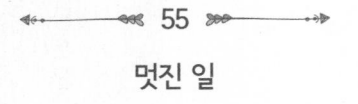

며칠을 자괴감에 힘들어하던 아내의 목소리에 생기가 돈다.

오늘 분명 멋진 일이 일어났다. 얏호~

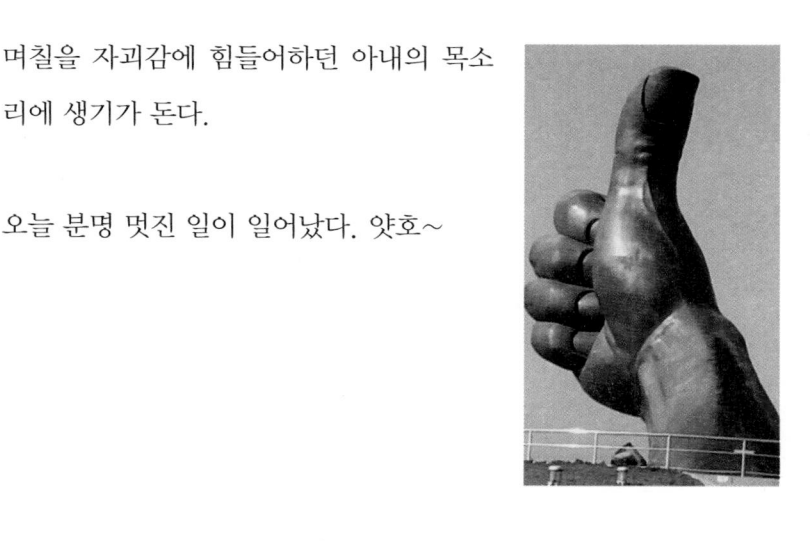

―――― ⋙ 56 ⋙ ――――
딸과의 대화

효주: 아빠 비 와? 안 와?

나: 안 와~

효주: 근데 왜 사람들이 우산 써?

나: (아차, 밖을 보니 비 온다.)

나: 비 와~^^

1장 오늘은 분명 멋진 날

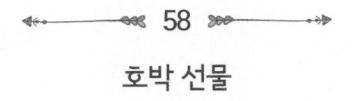

자기가 만든 감옥

우리 현대인의 가장 큰 문제점은 자기 자신이 만든 심리적 감옥에
자기 스스로를 가두고도 그 사실조차 망각하는 데 있다.

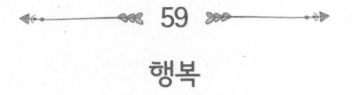

호박 선물

날이 꽤나 무덥습니다.
주재구 선배님의 부름으로 행사에 갔다가 경품으로 청원 애호박 자
그마한 상자 하나 타서 마나님께 바쳤습니다.^^

차암~ 자알~ 했죠오?

행복

간밤에 열쇠를 잃어버려 한참을 찾아야 했습니다.
찾고 보니 평소 눈에 들어오지 않던 열쇠 꾸러미가 이리 크게 다가

설 줄 몰랐네요~

하루하루 무탈히 사는 것!
요게 바로 행복입니다.

오늘은 분명 멋진 일이 일어날 겁니다.

◀◈· ─── ◀◀ 60 ▶▶ ─── ·◈▶

자유의 숲

맨발로 숲 속 걷기를 합니다.

멧새는 뻐꾹~깍깍~~
저 멀리는 컹컹 개 짖는 소리
이따금씩 스치는 시원한 바람은 자연이 주는 최고의 선물이지요.

과감히 구두를 벗으면 일종의 해방감과 자유를 느낍니다.^^
숲은 평온과 치유의 힘이 있는 멋진 곳이지요.

딸과 외할아버지

방금 외할아버지의 전화가 왔다.

항상 전화 받는 담당은 보무도 당당한 울 늦둥이 효주.

방년 5세.

할아버지: "뭐 하니?"

효주: "배 아파서 병원 갈려구요."

할아버지: "그럼 약 먹어야지."

효주: "약 먹어도 잘 안 낫네요~"

당돌한 효주 얘기에 그만 빵~^^

법정 스님

오늘 법정 스님이 10여 년 쓰시던 만년필로 어떤 분으로부터 대신 사인을 받았습니다.

고교시절 처음 뵈었을 때 사인 부탁드리니, 오늘은 바쁘니 다음에

해 줌세 하셨는데 그 후 뵙지 못하였죠.

오늘 법정 스님을 추모합니다.

당당한 딸

느닷없는 5살배기 효주의 말,

"내가 쫌 큰 거 같애~"
"누가? 니가?"

야밤에 한바탕 웃어 봅니다.^^

딸의 설명

집에 막 도착하니 효주가 하는 말.

"요건 갉아 먹을 수도 있고

통째로 먹을 수도 있고
깨물어 먹을 수도 있어."

뭔가를 먹으면서 엄마에게 던진 말에 빵~ 터졌습니다.
하여간 웃기는 앱니다. ^^

━◅◅◅ 65 ▸▸▸━

선배와 후배

오늘, 선배라는 겉옷 때문에 늘 끙끙대는 후배에게 진심어린 사과
를 해 보았습니다.

서툴기에 얼마만큼 받아들였는지는 잘 모르겠으나 다소나마 후배
님의 마음이 밝아졌으면 하는 바람입니다.

━◅◅◅ 66 ▸▸▸━

명확한 목표

세 번째 읽고 있는 책 중에서

"명확한 중점 목표를 가진 사람이 군중 사이를 뚫고 지나가려 하면, 사람들은 한켠으로 비켜서서 그를 위해 길을 터줄 테지만 우물쭈물하고 도무지 갈피를 잡지 못하는 자가 있다면 군중은 그의 어깨에 부딪치며 자신의 길을 내주려 하지 않을 것이다."

요 대목이 맘에 듭니다.

목표는 인생의 내비게이션입니다.

좌우

나는 좌파인가, 우파인가?
그래, 결정했어!
난 양파여.^^

이념을 떠나 사람을 보려 합니다.

68
무슨 요일?

오늘 목요일 아침에

효주: 화요일이야~
집사람: 수요일이야~
나: 목요일이야~

빵^^ 터졌습니다.

69
딸과 새우볶음밥

애 엄마가 없어 볶음밥 곱빼기 하나 시켰더니 새우 두 마리 들어 있다.
효주가 두 개 달라기에 하나씩 나누어 먹는 거라고 하며 하나만 주었더니 토라져서 뒤돌아 밥 먹는다. 눈물 한 방울 흘리며.

에휴~ 여자의 마음이여!

남불 앵커 힘내라, 얍!!

어린 고수들

만만찮은 고수 친구들이 즐비한 고1 학급에서 무탈히 강의 마쳤습니다. 내공 2갑자가 더 들어갔네요~

5~6명이 학급 분위기를 흐리기에 강의 사상 첨으로 따끔한 일갈을 했습니다. 나오면서 미안하다는 말도 함께.

요 친구들이 1학기 말에 뭔가 보여 줄 겁니다.
어린 친구들의 잠재력을 믿어 봅니다.
1학년 1반, 파이팅! 후일 전교생 강의로 이어졌지요

1장 오늘은 분명 멋진 날

학생의 편지

안녕하세요.
충대부고에 다니고 있는 1학년 2반 노재훈이라고 합니다.

저번 주에 불교 쪽에서 강의 특강을 한다는 소식을 듣고 나서 크리스트교인 저는 은근히 기피하는 쪽을 택했었습니다. 심지어 부끄럽게도 4월 16일인 어제 남불 선생님께서 강의하시기 1분 전까지만 해도 관심이 전혀 없었습니다. 하지만 강의를 듣고 생각하면서 "아 이것이 지금 고등학생의 길을 걷는 나에게 필요하구나!"라는 것을 뼈저리게 느끼게 되었습니다.
나 자신을 컨트롤하는 것, 즉 마인드 컨트롤, 평소에도 수없이 많이 듣던 소리인 것 같습니다. 그렇지만 평소에는 흘려듣던 이 소리가 지금 고등학생이 된 저에겐 신선한 충격이었습니다.

철없이 유치원, 초등학교, 중학교 때 우물 안 개구리마냥 내가 사는 이 좁은 세상이 다인 줄 알고 그저 살고 싶은 대로, 내가 하고 싶은 대로 하는 게 아닌 이제 어른으로서 한 발자국 나아가는 길 위의 나 자신을 컨트롤하면서 스스로 최면을 걸고 내 자신감을 키우는 것.
이것들로 인해 소박하거나 휘황찬란한 꿈을 가진 나의 인생을 내가 더욱 더 훤칠히 앞을 향해 개척할 수 있다면야 선생님께서 말씀하신 "항상 나는 모든 면에서 점점 더 좋아지고 있다." 말하고 실천하는 것과 "자신감을 가지는 것"을

남불 앵커 힘내라, 얍!!

실천하는 것이 쉽지는 않겠지만 그렇다고 어려울 게 뭐가 있겠습니까?

하루 늦었지만 이제 막 중학교를 졸업해 철이 들기 시작하는 저에게 맘속에 울리는 강연을 해 주신 남불 선생님 감사합니다. 잊지 않겠습니다.

엊그제 강의한 고등학생이 보내준 강의후기를 막 접하고 보니 힘이 솟습니다.
노재훈! 넌 능히 할 수 있다!! 그리고 고맙다.

◆⊹—— ⋙ 72 ⋘ —— ⊹◆

소통

요즘 풍속도가 많이 바뀐 듯합니다.
처음에 사람들이 만나면 악수도 하고, 안부 몇 마디 묻다가 이내 스마트 폰을 꺼내듭니다. 앞에 있는 사람과 소통하기보다 넷상의 사람들과 소통이 편한 탓일까요?

정작 중요한 사람은 바로 당신 옆에, 혹은 앞에 있는 분이 아닐까 합니다.

소통을 위한 소통.

많은 것을 놓치고 있다는 생각이 듭니다.

* 아들 기범이와 함께

73

강연후기

고등학교 30년 선배님의 강의를 듣는다는 것만으로도 흥미로웠어요. 게다가 전남중 후배이기도 하고요.

다른 강연과는 다르게, 전교생이 이렇게 집중한 적은 처음인 것 같아요. 선배님이 겪은 이야기를 직접 해 주시고, 유명인들의 이야기도 해 주시고, 힘든 저희들을 위해 좋은 말씀도 해 주시고, 물론 재미도 있었고요.
공부가 힘들어지는 저로서는 동기부여가 됐던 것 같아요. 적어도 이제부터는 '포기'라는 것은 잊고 살아도 될 만큼요.

마지막으로 쉬운 것 같지만 어려운 'Never give up' 이 문구 기억하고 있어야겠어요.

간밤에 페친을 맺은 청주고등학교 1학년 학생이 후기를 제 담벼락에 써 주었습니다. 얼굴은 모르지만 같은 공간에서 함께했던 순간들은 추억이 되리라 봅니다.

이 친구에게 고맙다는 얘기 전합니다.
동엽아! 힘내라, 얍!^^

—◆◆◆ 74 ◆◆◆—

수행자의 길

비가 와서인지 좀 '쎈치'해졌습니다. 갑자기 '수행자의 길'이 떠오르네요.

남을 포기할 것.
그들의 기대나 희망을 포기할 것.
그래서 스스로에게 충실하고자
결심하는 것.
왜 이게 떠오르나 몰라….

법륜 스님 강연

법륜 스님의 즉문즉설 강연이 청주에서 있었다.
10여 명이 질문자로 등장했는데 사연은 가지가지.

45세 여자 분은 아이가 안 생겨서, 23세 남자 분은 초·중·고 때 학교폭력으로 시달린 우울증으로, 한 엄마는 자녀교육 문제로, 한 임산부는 음식 스트레스로, 어떤 아주머니는 무슨 당을 찍어야 할까요? 하는 문제까지. 즉석에서 펼쳐지는 각본 없는 드라마에 청중들은 웃고 울었다.

명불허전, 역시 내공이 대단하시다.

참가 인원은 주최 측 추산 700명, 경찰 추산 500명이 아닐까(?)
3월에 오창에서 또 있다니 가 봐야겠다.

법륜 스님께 제가 쓴 책『힘내라, 얍!』을 드렸다.
뿌듯하다.

딸과의 문답

아침에 집을 나설 때마다 효주가 꼭 묻는다.

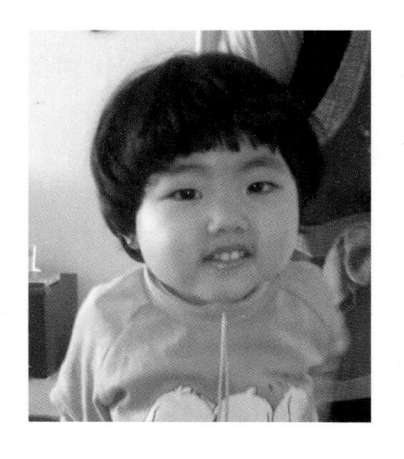

"아빠, 어디 가?"
"어디 가는 거 같애?"
"방송"
"어~"
"잘 다녀오세요~"

오늘 아침도 똑같다.

생일

제 생일이라고 온 가족이 모였네요.
효주가 똑같은 반찬이 여러 번 오르자 했던 말 때문에 한바탕 웃었
습니다.
"똑같은 반찬을 계속 먹으니까 기운이 없어. 그만 멈춰!"
하하하~ 편한 휴일 되셔요~

딸과 글자 쓰기

효주가 오늘 일어나자마자 "아빠, '용'자 쓰는 꿈 꿨어~!" 합니다.

책상에 앉아 속표지에 한자로 '용龍'자를 쓰는데요, 꼬옥 효주가 책을 갖다 주지요.

5살배기 아이에겐 재미있나 봅니다.

오늘도 좋은 하루 되세요.︿︿

입장 차이

오해가 있어 한참이나 소원할 때는 직접 만나 서로 간의 입장 차를 확인해 보면 좋을 듯합니다.

바라보는 각도가 서로 다르기에 빚어지는 상황들….

결국은 자신의 입장에서 결론 내기에 평행선을 달리는 것 같습니다.

남불 앵커 힘내라, 앱!!

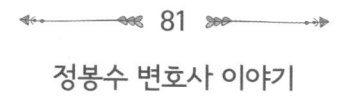

80

질투

요즈음 참으로 많은 사람들을 만나게 되었다.

부자도 만나고 가난한 이들도 만나고.
높은 지위에 있는 사람도 만나고, 백수인 친구도 만나고….

사람들은 다 거기서 거기다.
다만 차이점은 부자들이 더 여유가 있어 보인다.
기꺼이 칭찬하고 박수친다.
적어도 이들에겐 질투가 느껴지지 않는다.

질투, 무서운 독버섯 같다.
자그마한 이 차이가 차이라면 차이라 할 것이다.

81

정봉수 변호사 이야기

서울대를 졸업하고 10년의 사시 공부 후 다른 길을 걸었다가 전국
최고의 고령(?)으로 로스쿨 변호사가 된 정봉수 선배. 늘 넉넉한 가

습으로 내 곁에 함께하던 형님의 변호사 합격 소식. 듣자마자 얼싸안고 같이 기뻐했던 장면이 눈에 선하다.

고생 끝에 낙이 온다던가. 한 걸음 한 걸음 밟아 올라가는 것만이 무언가를 성취하기 위한 유일한 방법이라는 말도 있다.
형님이 충북대 로스쿨 합격부터 시작하여 변호사 시험에 합격하기까지 무엇을 붙잡고 또 무엇을 내려놓았는지. 너무도 잘 아는 필자로선 인간 승리의 헹가래를 선사하며 그 기쁨을 더불어 느끼는 대목이다.
청주에서 변호사 업무에 매진 중이신 형님의 앞길에 앞으로도 행운 있으라.

이 책에도 실은 바 있는2장의 '흑룡의 해를 맞으며' 참고 나의 용龍 자字가 표구되어 형님의 사무실에 떡하니 걸려 있다. 비와 바람을 부리는 신령하고 강력한 존재 용, 하지만 그 뒤에는 용이 되기 위해 백 년을 수행한다는 이무기의 노력이 깃들어 있음을 아는 까닭이다.

❖◀━━ ❰❰❰ 82 ❱❱❱ ━━▶❖

사랑

태양이 이토록 뜨거운 것은 원 없는 사랑을

맘껏 뿜기 때문이다.

아득히 먼 태고로부터 사랑은
늘 함께했나니

랑데뷰 만남에
큐피드 화살이 꽂혀

해맑은 그대 모습
눈에 선하네.

◀◦────◀◀◈ 83 ◈▶▶────◦▶

새로운 만남

요즘 하루가 살같이 지나간다.
다양한 분야에서
다양한 사람들이
다양한 일을 하고 있다.

언제나 사람들과의 만남은 새롭다.
오프라인이든

온라인이든
사람들은 다 거기서 거기다.

애정을 가지고
귀 기울여 얘기 들어 주는 걸
사람들은 가장 좋아한다.

동시대를 살아가는 우리들.
얼마나 소중한 사람들인가.

서로가 가슴을 연다면
결국은 사람인 게다.

남불 앵커 힘내라, 앞!!

* 페친 김선영 님을 청주 옥산 소로리볍씨 제막식 때 처음 만났다.
고마운 분!

1장 오늘은 분명 멋진 날
81

첫 가족여행

제게는 늦둥이 딸이 하나 있습니다. 이름은 효주, 방년 12세, 초등학교 4학년입니다.

아들은 기범, 대학교 신입생이지요.

효주가 어릴 때부터 몸이 좀 약하여 9살에 입학하더니, 바깥바람 쐬기가 적당할 때를 기다려 드디어 올 10월, 전 가족이 함께하는 첫 가족여행을 떠났더랬습니다. 장소는 제주.

마침 회사에서 '열심히 일한 당신 떠나라' 하여 2박 3일간 회사에서 제공하는 호텔과 식사, 렌터카 덕분에 들뜬 기분으로 제주를 향했습니다.

효주는 며칠 전부터 손가락으로 D데이가 오기를 기다렸지요. 난생 첨으로 비행기를 타는 효주의 모습을 보면서 지난 세월 딸내미를 수발한 아내의 공덕에 크게 고마움을 느껴보았습니다. 찬바람만 불면 병원에 입원하기를 무려 13회. 다행히 최근엔 효주도 부쩍 컸고, 마나님의 온갖 정성 덕분에 큰맘 먹고 떠나게 되었으니, 이 어찌 감격적인 여행이 아니겠습니까?

첫날 밤은 서귀포의 밸류호텔 제일 꼭대기 10층에 묵었습니다. 밤

바다가 보이는 전망이 훌륭했습니다.

하지만 아뿔사! 폭염에도 없던 모기들의 총 습격! 마침 방충망을 빼놓고 설마 10층까지 모기가 날아오랴 싶어 문을 열고 잔 것이 온 동네 모기들을 부른 셈입니다. 기범이는 2방을 물리고 저는 무려 6방! 새벽 2시 반에 깨어 모기 잡기에 돌입, 무려 3마리를 잡아냈지만, 끝내 1마리는 화장실에 숨어 그냥 가두기만 하고 첫날 밤을 보냈습니다.

아! 제주에서의 첫날 밤이 모기와의 전쟁이라니! 아무튼 이것도 추억이 아닌가 싶습니다.

기범이와 효주는 마라도 잠수체험을 보내고, 마나님과 저는 오붓하게 근처의 용머리해안을 걸었습니다. 마침 눈앞의 산방산은 몇 년 전 가족동반으로 왔던 곳이라 반가웠습니다. 태고의 신비로 펼쳐진 주상절리와 대자연이 빚은 장엄한 풍광은 이내 탄성을 지르게 했고, 마나님이 너무도 좋아하는 모습에 지나간 세월이 주마등처럼 흘러가더군요. 못난 남편 만나 마음고생이 심했을 터라, 많이 미안하기도 했습니다.

아이들은 잠수함 체험에 연신 신이 나 있었습니다. 차를 한참을 몰아 승마체험과 ATV 체험장으로 갔습니다. 이번 여행은 아이들과 마나님이 계획을 짜게 하고 저는 그 결정에 따르기만 했습니다. 이 대목은 제가 생각해도 잘하지 않았나 그리 생각해봅니다.

효주는 난생 첨으로 말을 타 보고, 아들과 저는 4륜 오토바이 ATV 체험을 해 봤습니다. 기범이는 차량이 중간에 고장 나 급히 지원군의 도움으로 멋진 체험을 하였습니다. 서귀포시에 있는 매일올레시장에 들러 회 한 접시로 저녁을 먹고, 뿌리는 모기약을 사서 다행히 두 번째 밤은 무탈히 보낼 수 있었습니다. 하지만 기범이가 쓰기로 한 모기약은 제주공항에서 걸려 반입이 불가한 운명을 맞습니다.

셋째 날은 숙소 근처에 있는 중문단지의 제트스키를 온 가족이 타 봤습니다. 물방울이 튀고 속도감에 짜릿함을 만끽하게 되었습니다. 정방폭포에서 가족사진도 찍었습니다.
이후 만장굴을 들렀습니다. 예전에는 기범이가 갓난아이라 무등을 태워 다녔는데, 이제는 어엿한 대학생이 되어 제법 든든한 길동무가 되어 주었지요. 조용한 월정리 해변가를 거닐며 잠시 망중한을 느끼고, 제주시 근교의 용두암을 간만에 찾아보았습니다.

2박 3일간의 제주 여행!
하늘이 도와 날씨가 너무도 좋았고 아이들과 마나님이 좋아하는 모습에 그것이 더 뿌듯했습니다. 무엇보다도 효주가 건강해져서 함께한 여행이라 평생 추억에 남을 여행이지 싶습니다.
가족의 소중함을 느끼게 한 이번 여행은 '10월의 어느 멋진 날에'

노래가 절로 터져 나오게 한 의미 있는 여행이 아닐까 합니다. 이번 여행을 기회로 가족이 하나 되고, 똘똘 뭉치는 계기가 되지 않을는 지요.

10월의 어느 멋진 날에….

구암사에서

태고의 정적속에
새소리마저 못내 시끄러운 곳

화엄종주 백파선사가
선의 종지를 드러내고

미당 선생이 묵은 방에 며칠을 뒹굴어본다

사방은 고요하여
갈바람이 등줄기 타고
청량히 흐른다

헐떡이는 마음 한자락 내려놓으라
돌부처는 빙그레 웃고
세세생생 윤회의 수레바퀴에
쇠바퀴는 녹아버린다

시절인연 따라
만난 인연들이여!

남불 앵커 힘내라, 얍!!

건듯 바람 일어나니

심조불산이라!!

2장

깨우치면
한바탕 웃으리라

우리네 인생사
마음먹기 나름이지

잊지 못할 날

2010년 7월 1일. 나는 이날을 평생 잊지 못할 것이다.

내게는 효주라고 이름 붙인 늦둥이 딸이 하나 있다. 그날 아침, 그러니까 2010년 7월 1일 무렵의 효주는 세상에 태어난 지 꼭 2년 반쯤 되었다.

아내가 잠시 물건을 사러 밖에 나간 사이, 마루에서 용변을 보고 난 효주가 아빠를 불렀다. 볼일이 끝났으니 뒤처리를 해 달라는 거였다. "그래" 하고 효주에게 가려던 나는 깜짝 놀라고 말았다. 두 다리가 옴짝달싹도 하지 않는 것이 아닌가. 할 수 없이 두 팔로 엉금엉금 기어가 겨우 효주의 뒤처리를 해 주었다.

조금 시간이 지나고서 병원에 가려고 일어서 걸어가다가 그만 다시 다리가 굳어 버렸다. 그렇게 조금씩 가다 쉬고 가다 쉬고를 반

복하면서 겨우 병원에 갔다. 병원에서 침을 맞고 물리치료를 받은
뒤에야 비로소 걷는 일이 조금 수월해졌다. 하지만, 허리와 다리의
통증은 여전했다.

　그날 나는 잔액이 4만 원뿐인 은행계좌에서 3만 원을 찾았다. 고
등학교를 함께 다닌 친구 아버님이 돌아가셔서 문상을 가야 했기
때문이었다. 돈을 찾아 막 은행을 나서는데 다시 핸드폰이 신호를
보냈다. 공교롭게도 또 다른 고등학교 동창의 어머님이 돌아가셨다
는 문자였다.

　할 수 없이 우선 가까운 곳에 있는 장례식장에 먼저 갔다. 그리
고 은행에서 찾은 3만 원을 조의금으로 내게 되었다. 문제는 본래
쓰려던 친구 아버님 문상에 낼 돈이 없는 것! 참 난감한 일이었다.
만 원이라도 찾으려 카드를 넣어 보니 잔고 제로를 난생 처음으로
목도했다.

　이렇게 저렇게 궁리를 해 보아도 뾰족한 방법이 떠오르지 않았다.
충북대학교 도서관 옆에 있는 연못가에서 한참 생각에 잠겨 있던
나는 번득 스치는 게 있어 친구에게 전화를 걸었다. 어머님 상중이
라 고교 친구 아버님 장례식장에 참석을 못 한다고 낮에 대신 내어
달라며 부조금 5만 원을 맡겼던 친구였다.

　"친구야, 거두절미하고 지금 내가 문상을 가려는데 돈이 없다.
그래서 말인데, 네 봉투에 내 이름 좀 같이 쓸까 하는데?"

친구가 따뜻하게 말했다.

"그래라."

이것을 궁즉통窮則通이라 해야 하나, 말아야 하나? 집으로 돌아오는 밤하늘의 별들이 유난히도 반짝이고 있었다. 이래저래 2010년 7월 1일을 잊을 수 없는 날로 기억 속에 저장하게 되었다.

떨어진 문패

얼마간의 시간이 흐른 그해 8월 중순, 나는 생계로 운영하던 영어교실을 접게 되었다. 7평 규모 남짓한 자그마한 공간에서 아이들을 가르치고 있었는데, 문득 이제 그만해야겠다는 생각이 들어 정리하게 된 것이다. 이젠 다른 돌파구가 필요했다. 하지만 생활정보지에 매물을 내놓아도 한 달 남짓 전화 한 통 없었다. 머릿속이 사뭇 복잡했다. 학원은 2층에 있었는데 1층과 2층 사이에 조그만 플라스틱으로 된 영어교실 문패가 붙어 있었다. 건물을 넘겨주고 그 문패를 떼어서 반으로 뚝 잘라 휴지통에 버리는 모습을 하루에도 몇 번씩 상상했다.

그러던 어느 날 여름휴가를 마치고 사무실에 갔는데 세상에, 영어교실 문패가 바닥에 떨어져 있는 것이 아닌가! 분명히 좋은 징조

일 거라는 생각으로 떨어져 있던 영어교실 문패를 다시 붙였다. 그리고 곧이어 걸려온 한 통의 전화! 거의 실시간으로 찾아온 남자 선생님은 첫눈에 맘에 들었는지 바로 계약을 하자고 했다. 나는 계약을 마치고 내려가는 길에 줄곧 상상했던 대로 문패를 떼고 반을 뚝 잘라 휴지통에 넣어 버렸다.

우연의 일치인지도 모르겠지만, 필자는 마인드컨트롤을 충북대학에서 몇 년간 강의한 적이 있었다. 그런저런 경험을 통해 생각의 힘을 믿기에, 그 일 역시 단순한 에피소드로 치부하지만은 않는다.

보고픈 변호사 친구

두 달 가까이 쉬면서 이따금 청주 무심천 자전거 길에서 자전거를 타거나 우암산을 오르내리며 지냈다. 그러나 마음이 편한 것은 아니었다. 여전히 생계 문제가 막중한 걸림돌로 앞에 놓여 있었다. 그날 역시 집에서 쓸 당장 몇 푼이 꼭 필요한 상황이었다.

'어떻게 그 돈을 구한담.'

마침 '현대 HCN 충북방송'이란 곳에서 임직원을 대상으로 하여 '신바람 나는 조직'이라는 주제로 동기부여 강의를 진행했던 동영상

CD가 있었다. 체질적으로 그쪽이 맞는지 나는 동기부여 강의를 할 때가 무척이나 신명나곤 했다.

'그래 이거야!'

곧바로 강의동영상 CD를 10장 복사했다. 그리고 산남동 법조 타운으로 갔다. 조금 대책 없는 일이었지만 누구든 이름을 아는 변호사 사무실에 들어가 무작정 팔 계획이었다. 그렇게 눈에 띈 간판은 마침 중학교 친구 변호사 사무실이었다. 담배 골초인 친구는 연방 담배를 피우고 있었다.

"너, 행복하니."

잠시 머뭇대던 친구는 시큰둥하니 대답했다.

"응."

나는 다시 말했다.

"그래도 담배는 좀 줄여라. 몸이 무슨 쇳덩이도 아니고….."
"괜찮아."

친구는 웃으면서 말했다. 사람 좋은 그 친구는 강의동영상 CD를 20만 원에 선뜻 사 주었다. 비록 2,500원짜리 복사본 CD지만 내 형편을 잘 알기에 선심을 베푼 것이다. 지금 이 글을 쓰면서도 어려울 때 도와준 그 친구 얼굴이 떠올라 자꾸 눈물이 난다. 안타깝게도 그것이 그 친구와의 마지막 만남이 된 것이다.

두 달 후, 그 변호사 친구를 다시 만난 곳은 한 종합병원 중환자실이었다. 중학교 친구 하나가 전화를 했다. 그 멀쩡하던 친구가 갑자기 쓰러져 병원에 있다는 거였다. 왠지 불길했다.

그다음 날 나는 집으로 향하던 발길을 돌려 중환자실을 찾아갔다. 저녁 8시 30분쯤이었는데 면회시간이 끝나 못 들어간다는 걸 꼭 봐야 한다고 밀어붙여 중환자실로 들어갔다.

'아, 이런!'

친구의 얼굴엔 온통 산소호흡기와 기계장치들이 붙어 있었다. 중환자실인 병실엔 아무도 없었다. 나는 가만히 친구의 부쩍 여윈 손목을 잡았다. 가느다란 맥박이 힘겹게 깔딱이고 있었다. 그뿐이었다. 내가 해 줄 수 있는 일이라곤 아무것도 없었다. 기도밖에는….

다음 날 새벽 그 친구는 다른 세상으로 떠났다. 평소 스트레스를 많이 받던 친구는 담배를 연신 무는 습관이 있었는데 다발성 뇌출혈로 말미암아 세상을 등진 것이다.

불교방송 시사 앵커가 되다

그 친구에게 CD를 팔던 날 오후에 BBS 청주 불교방송국에서 오디션을 보았다. 1주일 수습기간을 가진 뒤에 방송에 투입될 계획이었다. 아침 생방송으로 진행되는 뉴스진행자가 된 것이다. 그런데 오디션을 보고 돌아온 그날 저녁 느닷없이 연락이 왔다. 바로 내일부터 방송해야 할 것 같다는 말이었다. 나는 물론 가능하다고 했다.

2010년 10월 1일. 금요일. 오전 8시 30분.
나는 약간 상기된 얼굴로 방송국 스튜디오 마이크 앞에 앉았다. 'Air On'이라는 빨간 불이 선명히 눈에 들어왔다. 나는 내가 직접 쓴 첫 멘트를 신나게 날렸다.

"여러분, 안녕하십니까? '충북저널 967' 이 시간 진행에 남불입니다. 지금까지는 이두영 앵커가 진행해 왔습니다만, 오늘부터는 제가 그 뒤를 잇게 되었습니다. 직분에 충실하라는 저희 은사님의 목소리가 귀에 쟁쟁합니다.
여러분! 세계적인 동기부여가 ' 노만 빈센트 필' 박사의 메시지를 전해 드릴까 합니다. 바쁜 일손 잠시 멈추시고 저와 함께해 주시죠. '나에게 힘이 되는 일이라면 나는 뭐든지 할 수 있다.' 한 번 더 해 보겠습니다. '나에게 힘이 되는 일이라면 나는 뭐든지 할 수 있다.' 마지막으로 한 번 더 큰 소리로 해 보겠습니다. '나에게 힘이 되는 일이라면 나는 뭐든지 할 수 있다.' 좋습니다. 오늘 첫 소식입니다."

뉴스 원고를 보니 얼갈이배추가 얼마고, 배추 값이 얼마고 등등의 내용이었다. 그날은 배추 값이 14,850원으로 단군 이래 거의 최고가였는데 이른바 '금 배추'였던 때이기에 거의 배추 얘기만 한 듯했다. 게스트로 나온 기자도 배추를 소재로 해서 진행했기 때문에 아무튼 첫 방송은 그저 배추 생각만 난다.

방송을 마치고 스튜디오를 나서는데, PD가 한마디 했다.

"한 번만 하시지 그랬어요?"

'나에게 힘이 되는 일이라면 나는 뭐든지 할 수 있다.'라는 멘트를 두고 한 말이었다.

"원래 세 번 하는 겁니다."

나는 천연덕스럽게 대답하고 웃으며 나왔다.

강의 후기에 빙그레 웃다

얼마 전, 충청북도 보은군에 있는 한 여성단체에 가서 신나게 강의를 한 적이 있었다. 그리고 얼마 후 언론 모니터링을 하는 '충북민주언론 시민연합'이란 단체에 들렀더니 한 여자 강사님이 책자를 하나 내밀었다. 그 책자에는 내가 보은에 가서 했던 강의 후기가 빼곡하게 실려 있었다. 통째로 옮겨본다.

"세상이 변하고 있듯이 나 역시 변해야 한다는 것을 배우는 기회가 된 것 같다. 나는 할 수 있다는 용기를 가지고 새로 시작하는 변화된 모습을 기대해 본다."

"학문을 높여 리더 역할을 잘할 수 있는 공부를 해서 정말 좋았습니다. 살맛이 납니다."

"오늘부터 새로운 내일이 있을 것만 같은 느낌이 듭니다. 화통하게 웃음도 나고 슬쩍 눈물도 났던 고마운 교육이었습니다. 행복한 내일을 위해 파이팅!!!"

"한 번 한 번 마음의 각오가 되어 참 좋은 교육이라는 생각이 듭니다."

"희망과 결심, 돈에 관한 법칙, 무한한 가능성, 나는 할 수 있다는 말씀을 듣는 참 좋은 하루였습니다. 다시 한번 경청할 기회가 있길⋯."

"선생님의 호탕한 목소리와 멘트로 집중할 수 있었습니다. 강의를 통해서 제 마음을 다시 다잡을 수 있었습니다. 날마다 모든 면이 좋아지고 있다는 것도 실천하도록 마음먹었습니다. 감사합니다."

"긍정적으로 사는 방법을 배우고 가는 것 같습니다. '나는 할 수 있다.'와 '날마다 모든 면에서 좋아지고 있다.'를 반복해서 열심히 살겠습니다."

"강하고 탄력 있는 강의시간입니다. 오늘 이 강의를 벗 삼아 제 삶에 무한히 빛이 생긴 것 같습니다. 나는 날마다 모든 면에서 변하고 있다. 오늘도 외치고 갑니다."

"몇 년 전, 『시크릿』이라는 책을 읽은 적이 있습니다. 모든 것은 생각하는 대로 이루어진다는⋯. 자기가 하는 생각이 우주에 전해져 그대로의 파장으로 현실이 되어 이루어진다는⋯. 오늘 남불 선생님의 강의도 같은 맥락인 것 같습니다. 이 기분대로라면 앞으로 무엇이든 할 수 있을 것 같네요. 나는 날마다 모든 면에서 좋아지고 있다. Change or Die! 감동적인 강의였습니다."

"이왕 하려면 좋은 생각을 해라. 먹장구름을 걷어내어 내면의 보름달을 훤히 비추는 날입니다. 오랜만에 많이 웃고 활기찬 날입니다. 앞으로도 쭉 그럴 것입니다. 나는 할 수 있다. 꼭 그렇게 돼야지."

"좋은 일을 생각하면 좋은 일이 생기고, 나쁜 일을 생각하면 나쁜 일이 생긴다. 모든 것은 행동이 가장 중요한 것 같아요. 생각도 몸도 마음도 긍정적인 사고로 이제부터라도 실천하겠습니다."

"몰라서 안 한 게 아니라 알면서도 하지 않았던 긍정적인 생각, 이제부터라도 하겠습니다. 동기부여가 됐습니다."

"오만 가지 생각 중, 생각의 에너지를 최대화한다. 염력의 힘을 공부하는 좋은 시간이었습니다."

"긍정적 사고방식이 희망…. 귀한 시간 감사합니다. 나는 할 수 있다. 나는 꼭 할 수 있다. 나는 뭐든지 할 수 있다."

"남에게 마음의 등불이 되어 주려고 남불 님인가? 오늘은 강의 첫 시작부터 신이 났다. '소문만복래'라 했던가? 역시 즐겁고 신나는 것들은 너무나 좋다. 에너지와 복이 넘쳐나는 것 같다. 지금까지 부정적인 생각이 나를 지배해 온 것 같다. 긍정적인 사고로 앞으로는 행복하게 생활해야겠다. 또한, 나에게 힘이 되는 일이라면 뭐든지 할 수 있다는 생각으로 생활해 나가야겠다. 이 강의를 통해 많은 생각과 행동을 바꿀 수 있는 사고를 가지게 되었다."

"좋은 강사님의 행복한 강의 다 못 듣고 가서 죄송합니다."

"내면에 잠재되었던 긍정적인 마음을 찾게 된 것 같다."

"새롭게 봄 향기가 가득한 오후, 인생의 여유는 자유로움인데, 살다 보면 몸이 매이는 것이 아니라 마음이 매여 힘이 들죠. 아는 것이 많으면 불만이 쌓이고, 무지하면 불안하게 산다는 말이 있듯이, 정말 우리들의 삶은 작은 불행도 내 마음에 달렸다고 생각이 드는 시간이었어요. 인생은 소유가 아니라 존재라고 하듯이 존재는 각각 우리 몫이잖아요. 삶에 여유를 찾아주는 자유로운 강의시간입니다. 그래서 늘 새롭게 태어나는 마음으로 열심히 강의 들어야죠."

아! 교통사고

대학 4학년 때의 일이다. 졸업을 코앞에 둔 마지막 학기였다. 사법시험 1차라도 붙어 볼 요량으로 휴학하기로 했다. 법대 행정과로 가서 휴학하겠다고 하니 처리 기간이 이미 지났다고 했다. 나는 고집을 피웠다. 그렇게 간신히 휴학을 접수하고 고향인 청주로 내려왔다.

시험공부를 시작한 지 3일째 되는 날이었다. 그날은 며칠을 고민하다 형법 책을 바꾼 날이기도 했다. 하지만 예기치 못했던 불행이 찾아오고 있었으니, 생각만 해도 끔찍한 일이 벌어지고 말았다. 길가에 주차되어 있는 트럭을 피해 도로를 건너가다 내려오는 자동차에 허리를 심하게 부딪친 것이다.

공중에 크게 한 번 떠올랐다가 그대로 길바닥으로 곤두박질쳤다. 그나마 머리를 보호하려고 낙법을 써서 머리를 상하지 않아 천만다행이었다. 고려대학교 유도부원으로 활동할 때 훈련을 통해 낙법을 몸에 익힌 덕분이었다. 그러나 몸뚱이는 이미 말이 아니었다. 두 손의 살점은 다 떨어져 나가고 어깨 한쪽이 움푹 패었다. 무려 8개월 동안의 병원 신세!

졸업을 목전에 앞두고 크게 다치고 보니 눈앞이 캄캄했다. 나는 대학 시절 틈틈이 익혀둔 마인드컨트롤을 동원하여 수없이 생각을 바꾸려 애썼다. 그러나 교통사고와 이어진 시련으로 나는 한동안

정처 없이 방황을 해야만 했다. 그런데 어느 날, 우연히 접한 책 한 권이 마음의 평정을 가져다주었다.

'그래, 이 모든 게 다 내 탓이야.'

세상을 향해 울분을 토하던 병상에서의 그 지루한 답답함이 한 생각 바꾸니 사라지고, 다시 힘이 생겨났다. 하지만, 허리의 고질병은 이후 두고두고 나를 괴롭혔으며 앞서 첫머리에 밝힌 2010년 7월 1일의 경우처럼 두 다리를 꼼짝 못 하게 할 정도로 육체적인 후유증을 남겼다.

교통사고 후유증은 예상보다 심각했다. 준비하던 사법시험은 당연히 물 건너간 일이 되었다. 사법시험을 내려놓고 삼성에 입사하여 잠시 근무를 했다.

삼성에 다니던 기억은 온통 야구장에서의 장면뿐이다. 잠실 운동장에서 삼성 라이온즈와 지금은 없어진 해태 타이거스현 기아 타이거즈 경기가 있었다. 한국시리즈 5차전에서 삼성의 응원단장을 맡아 목청껏 응원하던 순간이 화려하게 떠오른다. 하지만 그때 야구시합은 삼성이 졌고, 얼마 후 나는 무작정 사표를 던졌다.

회사를 사직하고 보름 동안 무얼 할까 생각했다. 그리고 오랜 고민 끝에 학원을 운영하기로 결심했다. 서울은 돈이 부족해서 안 되고, 결국 부천의 한 공장지대에 문을 닫았던 23평짜리 학원을 인수하여 아이들을 가르치게 되었다. 교통사고 보상금으로 받은 1천만 원이 밑천이었다. 나는 학원 운영에 엄청난 열정을 쏟아 부었다. 다행히 아이들도 잘 따라주었다. 그리고 부천서 학원을 경영하던 이 무렵 나는 지금의 아내를 만나 결혼을 했다. 손에 절대 물 안 묻히게 해주겠다고 했지만, 이 벌건 거짓말 때문에 아직도 그저 미안할 뿐이다.

최면 심리 클리닉을 열다

부천에서 그럭저럭 잘나가던 학원을 접게 된 것은 IMF 후폭풍 덕이었다. 그 끔찍한 경제파동을 겪으며 동네의 절반이 사라지고 말았다. 설상가상으로 학원 건물 지하에서 불이 나는 등 우환이 겹쳐 첫 아이가 백일이 되었을 때 고향으로 내려오게 되었다.

고향에 돌아와 '중산中山인성개발원'이라는 최면을 통한 심리 클리닉을 개설했다. 충청북도에 단 하나뿐인 독점사업이었지만 손님은 그다지 많지 않았다. 2년 동안 꾸준히 노력했지만 50만 원에서 80만 원쯤 아내에게 건네주는 정도였다. 한 달 생활비치고는 형편없이 부족했다. 그래도 이 무렵 충북대학교 평생교육원에서 마인드 컨트롤 과목을 개설하여 5학기 수업을 맡게 되었고, 서원대학교에서도 최면 교과를 개설하여 강의를 하게 되었다.

그런데 어느 날 집사람이 심각하게 말했다. 당시 아들 녀석이 유치원에 다니고 있었는데 유치원비 15만 원이 없다는 것이다. 참 무던한 사람이다. 하여 사무실을 그만 접게 되었다.

돈이란 놈은 참으로 묘하다. 많은 이들이 돈을 좇지만 마음대로 안 되는 것이 또한 돈이다. 이참에 돈 얘기를 좀 풀고 가야겠다.

'나는 돈을 저주합니다.'라고 말하는 사람들이 간혹 있다. 돈 때문에 망했다는 것이다. 하지만, 이는 잘못된 생각이다. 돈 자체는 아무 문제가 없다. 예전에는 소금, 쌀, 금 등이 돈으로 쓰이던 시절이 있었다. 생각해 보라. 소금이나 쌀이 대체 무슨 문제가 있겠는가?

올해 들어 집사람에게 선언했다. 그동안 월 150만 원 목표를 허물고 맘고생은 그만 시키겠노라고 말이다. 마음이란 참 오묘해서 된다고 생각할 때는 빛을 발하지만 안 된다고 생각할 때는 금세 어두워지는 습성이 있다. 생각 하나의 차이가 태양도 되고, 먹장구름도 되는 것이다.

외국인을 대상으로 영어로 강의하다

얼마 전에는 영어로 강의할 기회가 있었다. 강의 대상이 원어민 교사들이라 영어로만 강의해야 한다는 조건이 뒤따랐다. 나는 잠시의 머뭇거림도 없이 하겠다고 했다. 한 번도 해 본 적은 없었지만 참 좋은 경험이 될 듯싶었다.

장소는 충북대학교, 토요일 아침이었다. 아침에 비가 많이 오더니 이내 그쳤다. 강연장에 도착해 보니 원어민 교사 약 200명과 한국인 영어 강사 200명을 합쳐 400명의 청중이 눈앞에 버티고 앉았다. 그날 부러 한복을 입고 간 나는 힘차게 마이크 앞에 섰다.

"Hello, everyone! Happy to see you! Let me start by saying that I have a dream. I'll deliver a speech in English someday. Today is the day. I came here with my wife by car.

The day before yesterday my wife said to me. "I have to go to Chung-Buk University this saturday." I answered, "Me too." "Where?" I asked. "Gaesin cultural center." "Me, too." So we laughed at the same time. Now she is sitting here among you. She is English teacher as you. But secret. Because she is so shy.

Let me introduce my favorite English sentence. "The weakest man, says Carlyle, by concentrating his powers on a single object can accomplish something, whereas the strongest by dispersing his over many may fail to accomplish anything."

여러분, 안녕하십니까? 여러분을 뵙게 되어 행복합니다. '저는 꿈이 하나 있다.'라는 말씀으로 강의를 시작할까 합니다. 언젠가 영어로 연설하겠다는 꿈이었죠. 오늘이 바로 그날입니다. 저는 저의 아내와 함께 자동차를 타고 왔습니다.

엊그제 제 아내가 말하더군요. "이번 토요일에 충북대에 가야 해."라고요. "나도 그런데." 제가 대답했지요. "어디로 가는데?" 하고 물으니, "개신 문화관에 가."라고 대답하더군요. "나도 가는데." 그리하여 우리는 동시에 웃고 말았습니다. 지금 그녀는 이 자리에 여러분과 같이 앉아 있습니다. 그녀 또한 여러분과 같은 영어 강사입니다. 하지만 비밀입니다. 그녀가 너무 수줍음이 많아서요. (이 대목부터 우리 마나님이 오글오글하기 시작했다는군요. 누가 알아볼까 봐.)

제가 좋아하는 영어 문장을 소개해 드릴까 합니다. 칼라일이 한 말인데요. "아무리 약한 자라 할지라도 그의 정신력을 단 한 가지 목적에 집중시킴으로써 무엇이든 성취할 수가 있고, 반면에 아무리 강자라도 그의 정신력을 너무 많은 곳에 분산시키면 어떤 것도 이루지 못합니다."

30분 이상의 영어강의를 진행하면서, 도중에 프랭크 슈나트라의 'My Way'도 불러보고, 성주풀이도 신나게 불렀다. 난생 처음 해본 영어강의! 첫 도전이었지만 온 정성을 쏟아 땀을 흘렸고, 많은 박수 갈채를 받았다. 아마 평생 잊지 못할 한 장면으로 기억될 것이다.

아무 걱정하지 마세요! 그저 행복하세요

얼마 전에는 제주도에 사는 사촌 동생 하나가 청주로 찾아왔다. 이종사촌인데 우리 아버님이 이름을 지어주었고, 동생 아들 이름을 또 필자가 지었으니 2대에 걸쳐 이름을 지어준 묘한 인연이 있다.

회사 출근길에 비행기 타고 온 것인데 아내와의 불화로 착잡하던 차에 회사일도 엄청난 스트레스가 되어 바람이나 쐰다고 훌쩍 날아온 것이다.

가정의 평화가 곧 우주의 평화라고 생각하기에 회사는 때려치울 수 있지만, 가정만큼은 꼭 지키라는 말을 해주었다. 그리고 어려운 순간은 곧 지나간다는 말로 위로해 주었는데 얼마만큼 새겼을지는 모르겠다.

사람은 누구나 곤경에 처하면 자신만이 가장 외로운 사람이라고 느끼게 된다. 특히 기혼자의 경우, 배우자와의 불화는 그야말로 전쟁과도 같은 스트레스로 작동한다. 그 친구에게 이런 말을 해준 것이 떠오른다.

"마누라와 백 번 싸워 백 번 먼저 내가 사과했네. 네가 먼저 사과하면 아마도 잘 해결될 거야."

사과를 먼저 하는 자가 되기는 쉽지 않은 일이다. 하지만, 진다고 결코 지는 것이 아니니 백 번, 아니 천 번이라도 먼저 사과하는 사람이 되었으면 좋겠다. 비단 가정뿐만 아니라, 우리 사회에 점점 물질주의가 확산되면서 오히려 많은 것을 놓치고 있는 것 같아 참으로 안타깝다.

모두가 각자의 직분에 충실해야겠다. 아빠로서, 엄마로서, 학생으로서, 또한 그 누구로서. 그리하여 나부터, 우리 가정부터 행복해지고, 우리 공동체가 웃음꽃 만발하기를 간절히 빌어본다.

세상에서 두 번째로 짧은 시가 하나 있다. '힘내라. 얍!'이 가장 짧은 시다

제목: 「불행의 시작」
비교
-작자 미상-

비록 물질적인 삶은 넉넉지 않으나, 마음살림을 넉넉하게 쓰는 삶을 살고자 한다. 들판에 핀 이름 모를 꽃이 아름다운 까닭은 뽐내려 하지 않기 때문이 아닐까. 남과 비교하지 않고 당당히 삶을 헤쳐나갈 때 이미 우리는 행복한 인생을 영위하리라 본다.

단순히 상황을 지켜보게 되면, 넓은 바다에 잠시 파도가 일렁일 뿐이다. 우리네 인생 가는 길이 순풍에 돛을 단 듯 순탄할 때이든,

아니면 역풍이 불어 힘겨울 때든 마음먹기에 달린 것이 아닌가 한다. 별로 내세울 것 없는 이 글이 특히 어려운 처지에 있는 분들에게 힘을 주었으면 하는 바람이 간절하다. 이제 맺어야겠다.

"Don't worry!"
"Be happy!"

이 글을 읽은 독자님, 존경합니다.

깨우치면
한바탕 웃으리라

원시인이 네티즌 되었습니다

원시인이 불과 한 달 만에 네티즌이 되었습니다.

부끄럽습니다만 저는 컴퓨터와 무관한 삶을 살아왔습니다. 더 이상 시대의 흐름을 거역할 수 없어 컴퓨터를 배워야겠다고 생각할 즈음 중부매일 뉴미디어 특강을 접하게 되었습니다.

제1강은 '트위터 완전 정복'이라는 주제를 가지고 이루어졌습니다. 김재근 강사가 트위터에 대해 열띤 강의를 해 주셨는데, '도아'로 유명한 분이며 프리랜서 프로그래머입니다.

'트윗'이란 원래 새가 재잘거린다는 뜻인데, 지난 6·2 지방선거에서 그 위력을 발휘한 것으로 언론에 대서특필되곤 했죠. 2007년에는 하루 평균 5천 트윗에 불과했었는데 올 2월 평균 5천만 트윗에 가입자는 1억 명을 돌파하여 하루 30만 명이 꾸준히 가입하는 추세라 합니다.

트위터는 누구나 가입이 가능한 친근성과 웹 외에도 스마트폰 등으로의 다양한 접근성, 상상하는 모든 것이 가능한 확장성과, 플랫폼만 집중하는 개방성 등 많은 장점을 통해 꾸준히 가입자가 증가하는 추세입니다.

2강은 '스틸사진 완전 정복'이라는 주제로 열렸습니다.

매번 다과류가 마련되어 주최 측의 세심한 배려가 돋보인 가운데 화기애애하게 주제를 풀어 나갔습니다. 주로 디지털 카메라의 사용법과 활용기술에 대한 실습 위주로 진행되었는데, 사진기자의 노하우 덕분에 쉽게 사진을 배우게 되었습니다. 과연 사진기자는 다르구나 하는 감탄과 함께 사진의 세계에 몰입하여 흥미진진했던 시간으로 추억됩니다.

3강은 '블로그 운영하고 책 내자'라는 주제로 인재개발 전문가 정철상 씨가 오셨는데요, 서른 번의 직업을 거친 직업 전문가로도 유명하신 분이었습니다.

블로그 방문자를 보니 500만 1천 955명. 좋은 글쓰기에 대해서도 언급했는데요. 무엇보다도 진실하게 쓸 것, 누군가에게 의미 있는 글이어야 할 것과 함께 특히 독창성을 강조했습니다.

개인 블로그도 잘만 운영하면 엄청난 홍보효과와 함께 매스미디어 역할을 톡톡히 담당하겠구나 하는 느낌을 강하게 받았습니다.

4강은 '내러티브 글쓰기'였는데요, 한겨레21 안수찬 기자님께서 강의해 주셨습니다. 가장 감동받은 강의였습니다. 글쓰기는 삼라만상의 작은 변화에서 거대한 의미를 길어내어 자신의 언어로 옮겨 담는 감성의 더듬이라는 대목에선 무릎을 쳤습니다.

좋은 글을 쓰기 위해서는 간결함, 일상적인 사소함, 지식의 힘, 독자로 하여금 생각하게 하는 여백의 힘, 때론 도발의 힘이 필요하다고 하였습니다. 또한 시공간을 넘어서 나를 드러내어 인정받고 싶은 욕망이 바로 글쓰기라며 노출의 공포와 노출의 욕구 사이의 줄타기라고 말씀하시더군요.

마지막 5강은 제가 요새 심취해 있는 '페이스북 완전 정복'이었습니다. 한국 페이스북 사용자 모임 부소장으로 있는 최규문 씨가 강의해 주셨습니다. 마침 '소셜 네트워크'라는 페이스북 창시자의 실화를 다룬 영화를 본 직후라 더욱 더 관심을 가지고 강의에 임했습니다.

저는 불과 한 달 전 페이스북에 가입하여 25년 만에 존경하던 선배님을 뵙게 되고, 연락처를 모르던 대학 동창들과도 연결이 되는 등 페이스북이 하루하루를 신나게 살아갈 수 있는 활력소가 되고 있어 페이스북 마니아가 되었습니다.

급변하는 세상, 자고 나면 진화하는 인터넷의 변화무쌍한 흐름. 비록 뒤늦은 입문이지만 재미있게 강의에 임했고 진지하게 받아들인 덕분에 개인적으로도 많은 변화가 있었습니다. 특강을 마련한 중부매일에 진심으로 감사의 말씀을 올리며 관전기를 접을까 합니다.

2010년 12월 2일 중부매일

과학벨트 유치 현수막 도시정화의 대상인가

설날을 불과 며칠 앞두고 발표된 이명박 대통령의 과학벨트 언급에 대해 충청권은 그야말로 벌집 쑤신 듯합니다. 공자님의 무신불립無信不立, 즉 신뢰를 잃으면 그 정권은 똑바로 설 수 없다는 말씀을 언급하지 않더라도 몇 년간의 투쟁 끝에 쟁취한 행정수도의 전철이 다시 떠오르는 건 비단 저만의 소회는 아닐 것입니다.

그리하여 충청권은 그야말로 대동단결. 모처럼 한나라당도 과학벨트 사수 모임에 합류했으니 이번 대통령의 충청도를 안중에 두지 않은 발언 하나 때문에 뭉치는 전기가 되었습니다.
그런 분위기를 반영하듯 시내를 나가 보면 과학벨트 사수 현수막이 도처에서 눈에 띄고 있습니다만 어느 순간 자취를 감추게 되었습니다. 이유인즉슨 청주시가 불법이라는 이유로 일괄 수매를 감행한 것이지요.

법으로는 지정게시판 외에는 불법으로 간주하고 있으니 법이라는 미명하에 도시미관 정화를 한몫 거드는 청주시의 조처에 어쩌면 감사할 일이지도 모르겠습니다.

하지만 왠지 뒷맛이 씁쓰름합니다. 물론 담당자의 입장이나 시 본연의 임무를 떠올리면 응당 칭찬받아 마땅한 일이겠으나 한번 곰곰이 따져 볼 대목이 하나 있습니다.

지금과 같이 모처럼 충청도가 여야 할 것 없이 똘똘 뭉쳐 대정부 압박 작전에 나서고 있는 중차대한 시점에, 도민들의 염원이 오롯이 하나 되어 발화되는 작금에 과연 법의 이름으로 찬물을 끼얹는 것이 현명한 판단인가를….

기본적으로 현수막이란 건 주장을 내세우는 데 적합하며 길거리에 위치하여 오고가는 많은 이들의 시선을 붙잡을 수 있어서 불법을 감행하고도 거리 곳곳에 붙어 있는 경우가 많습니다. 그래서 때론 눈살을 찌푸리게 하며 수거 공무원의 입장에서 보면 여간 성가신 일이 아닐 것입니다.

그러므로 시의 입장에서도 분명히 할 말은 있을 것입니다. 또 게시판을 활용하라고 여러 차례 고지했으므로 법적인 측면에서는 할 도리 다 한 셈이 됩니다. 허나 놓친 것이 있습니다. 도민들의, 시민들의 마음입니다.

길거리에 걸린 많은 현수막이 다소 불편해질 수 있는 상황이지만 시민들은, 도민들은 자기 마음을 대변하는 현수막이기에 기꺼이 감내한다는 사실을. 그리고 이것이 어쩌면 과학벨트 사수로 이어질지 모른다는 소박한 마음이 있기에 청주시를 제외하면 아무 문젯거리가 되지 않는다는 사실을 말이죠.

갈 길이 멉니다. 이미 대통령의 머릿속에는 충청도가 지워진 지 오래일지도 모릅니다. 비록 그러하여도 마지막 작은 불꽃 하나는 태워서 화염으로 승화시켜야 합니다. 어쩌면 현수막 하나가 그 작은 불꽃이 될지도 모릅니다.

2011년 3월 24일 충청리뷰

흑룡의 해를 맞으며

임진년이 밝았다. 60년만의 흑룡의 해라 하여 연일 호들갑이다.

올해를 흑룡이라 일컫는 까닭은 천간임수가 오행으로 치면 북방수에 해당하여 흑색이 되고, 지지인 진토가 12지 중 용에 해당하여 흑룡이라 하는 것이다.

사실 엄밀히 따져본다면 임진년은 돌아오는 입춘부터 새로운 절기가 시작되니 아직은 좀 이른 감이 있다. 하지만 이미 새해가 시작되었으니 사람들 마음속에 각자 용 한 마리씩은 챙겼으리라 본다.

12지 동물 중 유일하게 상상 속의 동물이 바로 용이 된다. 우리네 동양인들의 사유 속에는 용이란 동물은 신비의 상징으로 많은 사랑을 받아 왔다. 오죽하면 복권 구입을 앞두거나, 시험을 앞에 두고 용꿈을 최고로 치지 않는가. 하긴 태몽도 용꿈 하면 길몽이라 하여 집안의 경사가 되는 형국이고, 두고두고 집안의 내력으로 자랑삼는다.

하지만 서양인들이 보는 용은 좀 다른 듯하다. 드래곤Dragon이라 하여 좀 심술궂은 존재로 등장하니 같은 용이라도 양의 동서가 분명히 다른 것을 보면 문화의 차이를 엿볼 수 있다 하겠다.

불가佛家에서도 전통적인 민속신앙과 일찌감치 합치했던 터라 용에 대한 상징성은 대단한 위치를 점하고 있다. 바닷가에 사는 주민들이 용왕신을 섬김으로써 항상 위험에 처한 불안감을 달래려 했다는 점에서 용은 이미 신앙의 대상이 되기도 했다.

이제 토끼의 해가 가고, 바야흐로 용의 해가 도래했다. 여기서 문제 하나 드릴까 한다.

"토끼는 어디로 가고, 용은 어디로부터 왔는가?"

만일 누가 나에게 묻는다면 이렇게 대답해 보겠다.

"토끼 뿔 나고 용 날개 펴는 곳이다."

새해 희망의 용 하나가 이미 솟구쳐 올랐다. 독자 여러분의 가슴 가슴마다 희망의 싹 하나 잘 키우시기 바란다. 새해 복 많이 지으시길 기원하며 어줍지만 먹을 한참 갈고 첫 붓으로 단숨에 그린 용 하나를 올린다.

남불 앵커 힘내라, 얍!!

직지유감

입춘부터 비로소 임진년이 시작되니 벌써 흑룡 기운이 처처마다 퍼져 나간다. 한편 청주시가 추진한 유네스코 세계 문화유산에 '직지심체요절'이 등재되면서 청주 하면 직지가 떠오를 만큼 세계적인 유명세를 타고 있다. 이른바 직지의 도시가 된 것이다.

마침 시에서는 오는 9월 개최되는 직지축제를 위해 프랑스 측과 직지심경 대여를 추진하고 있어 관심을 모은다. 하지만 본디 우리 문화재임에도 절절매야 하니 이는 아쉬운 대목이 아닐 수 없다. 얼마 전엔 직지심경을 찾기 위해 북한 전역까지 샅샅이 뒤지며 전 국민이 직지심경 찾기에 여념이 없었는데 아직까지 소식이 없다.

직지심경 찾기가 물론 중요하지만 겉모습에만 치우친 느낌이 드는 건 비단 필자만의 소회는 아닐 것이다. 물론 고려시대 발간한 직지심경의 존재 자체만으로도, 청주 흥덕사에서 현존 세계 최초의 금속활자가 발명되었다는 것만으로도 청주시민만이 아니라 대한민국 국민이라면 누구나 자부심을 느껴도 될 역사적인 일이다. 하지만 정작 직지심경을 쓴 백운 화상에 대한 연구 내지는 직지심경이 전하고자 하는 메시지에는 별로 관심을 두지 않는 듯하다.

달마대사는 중국으로 건너가 부처의 법을 펴면서 선가禪家의 초조初祖가 되었다. 직지直指! 곧장 가리킨다는 것이다. 무엇을 곧장 가리킨다는 것인가. 바로 우리의 마음자리를 곧장 가리킨다는 것이다.

백운 화상은 선禪의 맥락을 정확히 깨쳐 부처의 혜명을 이었고, 선禪의 정수를 직지의 자리에서 설파한 대도인이다. 이제 백운 화상에 대한 진지한 연구와 사상에 대한 고찰이 이루어졌으면 한다. 백운 화상이 있어 지금의 청주시가 전 세계적인 자랑거리가 된 것이 아니겠는가! 또한 청주시민이라면 응당 직지로 가는 문제 하나쯤은 진지하게 고민해 봐도 직지시민으로서 좋을 듯싶다.

지금은 직지시장이 된 한범덕 청주시장님께 언젠가 드렸던 화두 하나 던져본다. 선가의 유명한 양일아養一鵝 공안公案이다.

"옛 사람이 거위새끼를 병 속에 넣어 길렀는데 그 거위가 점점 자라 병 속에 꽉 차게 되었다. 이때 병도 깨지 말고, 거위를 죽이지도 말고 꺼내 보라!"

2012년 2월 14일 충북일보

꿈 그리고 마음

"I offer a dream, not just a dream, a possible dream. What am I?"

영어로 시작해서 좀 뭣하지만 한번쯤 생각해 볼 일이다. '나'는 꿈을 제공한다. 단지 꿈만이 아닌 실현 가능한 꿈을….

"나는 무엇일까?"

봄이다. 겨우내 언 땅에서 여지없이 싹은 트고 도처에서 봄소식이다. 봄은 희망이고, 씨앗이고, 꿈의 계절이다. 우리는 늘 꿈을 꾼다. 소박한 꿈에서 아기자기한 꿈, 그리고 원대한 꿈까지…. 어떤 꿈은 단지 꿈만으로 끝나고 또 어떤 꿈은 현실로 활짝 꽃피우게 된다.

자, 그럼 "나는 무엇일까?"라는 위 문제의 정답은 무엇인가? 답은 바로 '마음'이다. 씨앗을 땅에 뿌리면 꽃이 피어나듯, 꿈을 마음밭에 잘 뿌리면 꿈의 열매가 열린다. 그렇다면 마음은 무엇인가? "심심심 난가심心心心 難可尋"이라. 마음이라 마음 하는 그 마음이여, 찾을 수가 없구나!

달걀을 보라. 눈도 코도 귀도 없이 둥글둥글해 아무 지각도 없어 보이는데 따뜻한 곳에 두면 '꼬끼오' 하고 우는 물건이 그 속에서 나오지 않는가?

매 알이 비록 작으나 그 속에서 송골매가 나오고, 솔씨가 비록 작으나 낙락장송이 거기에서 나오듯, 알로 있을 때 보면 무정한 물건 같으나 이렇듯 생명이 당당하게 박차고 나오는 산 물건이 아니던가. 우리네 마음도 이와 같은 것이다.

바야흐로 인터넷의 시대다. 물질문명의 발달이 전 세계를 하나

로 연결시키고 있다. 허나 정
말로 중요한 인터넷은 바로 우
주와의 인터넷이 아닐까 한다.
이제 마음이 무엇인가를 깨닫
고, 우주와 한 방에 인터넷 할
수 있는 문제를 던져 보기로
한다.

학인 한 명이 운문 선사를 찾아 질문을 던졌다.

"한 생각 일으키면 죄가 된다 하시니, 그렇다면 한 생각도 일으
키지 않으면 어떻습니까?"
"수미산!"

남불 앵커 힘내라, 얍!!

죄가 수미산처럼 크다는 것이다. 한 생각도 일으키지 않으면 죄가 없을 터인데, 어째서 죄가 크다 했는지 고인의 속뜻을 살펴볼 일이다. 혹 알겠는가? 마음 밖에 마음 없는 한 소식을 하게 될지. 독자 여러분께서 이 봄, 멋진 꿈을 실현하시길 기원하면서….

2012년 3월 23일 충북일보

4·11 총선과 남전참묘

4·11 총선이 바로 내일이다. 전국이 선량을 뽑는다 해 들썩이고 있다. 여당은 여당대로, 야당을 야당대로 지지를 호소하며 마지막 안간힘을 쓰고 있는 모습이 한편으론 딱해 보이기도 한다.

아침저녁 할 것 없이 확성기를 통해 쏟아지는 선거 로고송과 후보들의 일장연설은 삶의 무게를 하루하루 견디는 서민들에겐 정작 고문에 다름 아니다. 평소 잘 보이지 않던 후보들은 자신을 뽑아야만 지역이 발전하고, 국가가 발전한다고 한껏 외치고 다닌다. 하지만 정작 유권자들은 시큰둥하다.

그 밥에 그 나물. 익히 겪어왔던 탓이다. 그럼에도 불구하고 우리 유권자는 보다 정직하고, 보다 국민을 위해 뛸 수 있는 후보를 잘 골라야만 한다. '정치가 다 그렇지' 하는 냉소주의에서 벗어나, 내일만큼은 국민의 마음이 얼마나 매서운 것인지를 확인시켜야 할 것이다. 법 위에 잠든 권리는 보호받지 못한다는 법언이 아니어도, 이제 깨어있는 국민의 의식이 어떠한지 위정자들에게 분명한 물음을 던져야 할 시기인 것이다.

이판저판 다투는 모양새를 보고 있노라니, '남전참묘'의 한 대목이 떠오른다.

고양이 한 마리를 두고 절 안의 스님들이 동당, 서당으로 나뉘어 고양이가 자기 것이라고 다투는 모습을 본 남전 화상이 일갈했다.

"도에 맞는 한마디를 일러 보아라, 만일 이르지 못하면 단칼에 고양이를 베리라."

서슬 퍼런 큰스님의 말씀에 아무도 이르는 자가 없었다. 남전 화상은 그 자리에서 고양이를 베었다. 그날 저녁 늦게 들어온 조주 스님에게 남전 화상이 묻는다.

"만일 자네라면 어찌 했겠나?"

이 말을 듣자마자 조주는 짚신 한 짝을 머리에 이고 밖으로 나가 버렸다.

"아, 자네가 있었다면 능히 고양이를 살릴 수 있었을 텐데…."

조주의 스승 남전의 탄식이다. 눈 밝은 조주는 단박에 남전의 뱃속을 꿰뚫어본 것이다. 조주는 어찌하여 짚신을 머리에 이고 나갔을까?

조주 같은 눈 밝은 선지식이 아니어도 우리 지역을 대표하는 일꾼만큼은 학연, 혈연, 지연을 떠난 공평무사한 마음자리에서 택해야만 하지 않겠는가. 차라리 서슬 퍼런 남전의 단칼이 그리운 이즈음이다.

2012년 4월 10일 충북일보

옥피리 소리와 매화

계절의 여왕이라 불리는 5월이다. 연둣빛 신록에 저절로 눈이 부시고 도처에 피어난 아름다운 꽃들의 자태가 더욱 싱그럽다.

총선이 있던 4월은 이리저리 시끄러웠다. 4월이 비껴간 그 자리에 5월이 성큼 다가섰다. 반갑다. 어린이날을 필두로 어버이날, 스승의 날, 가정의 날, 부부의 날 등 기념일이 줄줄이다. 가정의 달답다.

가정은 가족 구성원 간에 웃음꽃이 필 때야 비로소 가정이라 할 것이다. 가족의 의미를 다시금 되새기는 달이었으면 좋겠다. 아무리 어려운 시기라 할지라도 가족 간의 격려와 믿음이 있다면 이 또한 지나가리라.

5월 하니까 떠오르는 대목이 있다. 한 학인이 스승께 물었다.

"성색聲色 2자字를 어떻게 투득하오리까?"

즉 '소리'와 '형상' 두 글자를 어떻게 구별하겠느냐는 제자의 물음
에 스승이 답했다.

"저승문처 친답착這僧問處親踏着."

다시 말해 "이 중아, 묻는 곳을 친히 밟아 이르러 보라." 하시고
는 "황학루전 취옥적黃鶴樓前吹玉笛 하니 강성오월 낙매화江城五月落梅花
라." 즉 "황학루 앞에서 옥피리를 부니 강성 땅 5월에 매화가 떨어

남불 앵커 힘내라. 얍!!
126

지는구나." 하시는 것이었다.

여기서 눈 밝은 학인이 있다면, 응당 살필 일이다. 옥피리 소리는 무슨 옥피리 소리며 매화는 무슨 매화인가?

어느 고인이 이 대목을 설하며 이것을 바로 살필 줄 알게 된다면 망망대해에서 눈 먼 거북이가 나무를 붙잡음이라 하셨으니, 쉽지도 어렵지도 않은 이 도리를 한 번 살피면 어떻겠는가!

의심이 생겨 키워 나가면 의문 덩어리가 된다. 이를 의단疑團이라 하는데 어느 날 어느 시, 시절인연을 만나서 알에서 병아리 삐약 하고 나오듯, 왕대 마디가 뚝 하고 부러지듯 졸지절폭지단猝地絶爆地斷한 소식에 의문이 문득 사라지고 한바탕 웃음꽃 터트리게 될 것이다.

이제 다시금 물어본다.

옥피리 소리는 무슨 옥피리 소리고 매화는 무슨 매화인가?

2012년 5월 8일 충북일보

2장 깨우치면 한바탕 웃으리라

탁마영안(琢磨明眼)

한 TV주말 프로그램인 '무신武神'을 요즘 신나게 보고 있다. 압권은 바로 몽고의 적장 살리타이를 김윤후가 처단한 것. 그것도 정규군이 아닌 승병이 이뤄 낸 쾌거라 속이 다 후련했다.

6월은 이름하여 호국 보훈의 달. 이 산하, 이 강토를 지키기 위해 스러져 간 영혼은 그 얼마나 될까? 수천 년 외세와 맞서 목숨으로 지킨 순결한 우리 땅. 수백 번의 외침에도 꿋꿋하게 버텨 온 뛰는 맥박이 있다. 가까이는 동족상잔의 비극 6·25에 이르기까지 조국 수호의 대의 아래 무수히 산화한 고귀한 영령들이 이 땅을 굽어살피고 있다.

목숨보다 소중한 것이 어디 있으랴! 하지만 먼저 간 님들은 기꺼이 나라를 위해, 이 땅의 수호를 위해 헌신짝처럼 생명마저 내놓은 것이기에 가슴 아프다. 고귀한 임들의 영전 앞에서 허공법계에 향 하나 살라 본다.

영가천도 법문이 하나 있다. 백장 선사의 탁마명안琢磨明眼이라는 탁월한 화두이기도 하다.

영광독요 형탈근진靈光獨燿 逈脫根塵 체로진상 불구문자體露眞常 不拘文字
진성무염 본자원성眞性無染 本自圓成 단리망연 즉여여불但離妄緣 卽如如佛

남불 앵커 힘내라, 압!!
128

신령스런 빛 홀로 빛나매, 멀리 근진을 벗어났도다.
본체가 항상 참됨을 드러내니 문자에 걸림이 없도다.
참된 성품은 물듦이 없이 본래 스스로 원만히 이루어졌거니
다만 망령된 인연만 여의면 곧 그대로가 여여한 부처로다.

호국영령전에 바치는 영가 천도 법문이다. 혹여 눈 밝은 이 있다면 묻겠다.

'이 게송의 마지막 글자인 부처 불佛 자에 때가 묻었다. 한 글자 새로 놓는다면 무슨 자字가 와야 하겠는가?'

2012년 6월 19일 충북일보

만공 선사와 수박 이야기

7월이다. 간밤에 천둥 번개 요란케 한바탕 빗줄기를 쏟아붓더니만, 오늘 아침의 태양은 성하盛夏의 여름답다. 한동안 104년 만의 가뭄이라 하여 연일 매스컴에선 호들갑을 떨더니만, 장대비가 폭우가 되니 이번엔 되레 비를 걱정한다. 하지만 어쩌랴! 하늘의 본디 마음이 본래로 그러한 것을….

하늘은 우르르 쾅쾅 한바탕 비를 쏟아붓다가도 다음날이면 언제

그랬냐 싶게 시치미 뚝 떼는 법이다. 오늘 날씨가 바로 그러하다. 눈부신 햇살이 오히려 따갑다. 7월은 청포도가 익어 가는 계절이라고 어느 시인이 노래했던가!

청포도뿐만 아니라 모든 과일이 알맞게 익어가고 있을 터. 이렇게 더위가 맹위를 떨칠 때는 뭐니 뭐니 해도 수박이 으뜸 아닐까. 시원한 수박을 한 입 물면 더위도 성큼 물러가리라.

수박 하니까 떠오르는 일화가 하나 있다. 서슬 푸른 일제강점기. 호랑이보다 무섭다는 조선 총독부 데라우치 총독에게 일갈하여 조선의 기상을 만방에 떨친 만공 선사의 이야기.

어느 날 대중들이 수박 공양을 하고 있었다. 맛나게 먹고 있었는데 그만 수박의 벌건 부분을 많이 남긴 것이 마침 만공의 눈에 띈 것. 이 때 대중에게 던진 만공 선사의 수박 화두가 있다.

마침 매미가 요란스럽게 울고 있었나보다.

"저 매미를 제일 먼저 잡아 오는 사람에게는 수박 값을 한 푼도 받지 않겠거니와, 만일 잡아 오지 못하면 돈 서 푼씩 받아야겠다."

이 말씀에 대중들은 한 마디씩 일렀다. 원을 땅바닥에 그리고 일갈하던 선승부터 시작해서 여러 대답들이 나왔던 모양이다. 하지만 만공 스님의 눈엔 안 찬 모양.

마침 들어오던 보화 스님에게 같은 질문을 드렸다. 그런데 스님이 바로 허리춤을 풀어 돈 서 푼을 공손히 만공 스님에게 올리자 만공이 크게 기뻐하며 "니가 내 뜻을 바로 알았다!" 하시는 것이었다.

하지만 이 대목에서 눈 밝은 이는 제대로 살펴야 할 것이다. 비록 보화 스님이 만공의 뜻은 살폈다 하나 이는 함정미토含情未吐라! 즉 뜻은 알지만 제대로 토하지 못함이라! 그렇다면 어찌해야 선지에 딱 맞겠는가? 힌트를 드리자면, 적어도 어디서 매미소리를 들으셨는지 물었어야 수박 이야기가 활구活句로 꿈틀거리지 않겠는가!

시원한 수박 드실 때, 검은 씨앗 내뱉으며 곰곰 음미할 대목이다.

2012년 7월 24일 충북일보

바람 없는데 물결 이는구나

104년 만의 가뭄 끝에 찾아온 불볕더위가 맹위를 떨친다. 폭염주의보가 찾아오더니 폭염경보가 전국적으로 발령되어 대한민국의 여름을 뜨겁게 했다. 지구온난화가 한몫했다고 한다. 한 연구가에 의하면 지구 온도가 4도 올라가면 지구 생명체의 40%가 멸절한다고 하니, 하나뿐인 지구에 좀 더 애정을 쏟아야 하겠다. 우스갯소리 하나 해야겠다.

어느 날 모기가 스님에게 대들었다.

"아니, 파리는 훠이~훠이 쫓으면서 우리 모기는 왜 보자마자 죽이십니까?"

스님이 웃으면서 말씀하신다.

"파리는 살려달라고 손발을 싹싹 빌잖어."

모기가 발끈한다.

"그래도 우리는 피까지 보며 죽이잖아요."

스님이 말씀하신다.

"옛끼. 니넨 죽이는 게 아니라, 천도하는 겨."

올 여름 모기가 유난히 보이질 않았다. 작년엔 워낙 비가 많이 와서 모기 유충이 떠내려가는 바람에, 올해는 104년 만의 가뭄 덕

분에 웅덩이가 말라 버려 부화 자체를 하지 못했다는 것이다. 우리 인간 입장에서 보면 가뭄도 효자 역할을 하나 한 셈이다.

올 여름은 짧은 장마 끝에 약한 태풍이 스쳐 갔다. 공포의 대상이기만 한 태풍도 시속 20km 이하면 효자란다. 우선 대기 중의 공해물질을 일거에 휩쓸어 간다. 수천억 원이 들어도 못 해내는 일을 태풍은 단숨에 해결해 준다. 환경부가 은근히 태풍을 기다린다는 얘기도 접한 바 있다. 그렇게 올 여름이 저물고 있다. 이런저런 얘깃거리를 남긴 채.

시원한 바람이 불어온다. 무더울 때 바람 한 조각은 그야말로 생명의 환희다. 선가의 필독서로 되어 있는 서산대사가 지은 선가구감에 이런 얘기가 있다.

무풍기랑無風起浪이라. 즉 바람이 없는데, 파도가 일렁인다.
말해 보라! 어째서 바람 없는데 물결 인다 했는가!
바람 부니, 파도가 심하구나!

2012년 8월 21일 충북일보

허수아비 이야기

큰 태풍 세 개가 지나갔다. 전국이 태풍 소식에 휴교령이 발동되는 등 한바탕 야단법석을 떨어야 했다. 여름에서 가을로 바뀔 때 의당 연례행사처럼 치르는 태풍, 올해는 유난히 심했던 듯싶다.

요란했던 태풍이 지나가면서 들판에 곡식이 무르익는 가을이 도래했다. 얼마 전 벗과 함께 원주에 둥지를 튼 김윤식 선배님을 뵈러 가는 도중에 논에 서 있는 허수아비를 보게 되었다. 노랗게 익어가는 황금 들녘의 파수꾼. 다소 익살스럽게 만든 허수아비에 한참이나 눈이 갔다.

소설가 이외수 씨는 인류 최초로 농업에 이용한 로봇을 허수아비로 규정한 바 있다. 어린 시절 황금들판을 지키기 위해 긴급 투입된 허수아비도 요즘은 보기가 힘이 들 정도로 귀해졌다. 아니 어쩌면 뭇 새들도 허수아비에 익숙한 탓에 허수아비의 효용성이 떨어졌는지도 모르겠다.

허수아비 하니까 떠오르는 일화가 하나 있다. 추사체로 잘 알려진 김정희가 제주도에 있을 때의 얘기다. 추사는 서예에 일가를 이룬 것만이 아니라 선禪에도 조예가 있어 눈 밝은 도인이었다.

이는 마상객馬上客이라는 공안인데, 하루는 추사가 말을 타고 가다 들판에 서 있는 허수아비의 옷을 벗어 막 입으려는 선승을 보게 되었다. 말 위에서 그 모양을 본 추사가 묻는다.

"아니, 허수아비는 어쩌자고 옷을 벗긴단 말이요."

이 물음에 선승의 말문이 꽉 막혔다.

'이때 어찌해야 선지禪늡에 맞겠는가.'라는 선가의 화두가 있다. 이 글을 읽고 의문을 일으키는 독자들을 위해 감히 격외로 한 말씀 일러본다.

위 물음에서 "허수아비는 어쩌자고" 할 때, 허수아비에 낙처를 두면 되겠다. 말 위에 있는 객이 허수아비가 되는 도리! 단박에 깨우치면 달마가 껄껄 한바탕 큰 웃음 터뜨리리라.

2012년 10월 8일 충북일보

그들이 온다

입동이 지나고 소설이 지나니 이미 겨울의 초입새에 접어들었다. 강원도에 함박눈이 내렸는가 하면, 청주에도 첫눈이 내려 많은 이들을 들뜨게 했다. 올해도 봄이 왔는가 싶더니, 이내 여름이 되고, 가을을 훌쩍 넘으면서 겨울의 문턱에 들어선 것이다.

삶도 이와 같은가 보다. 따뜻한 봄이 있는가 하면 무더운 여름이 기다리고, 풍성한 가을이 있는가 하면 또 추운 겨울나기를 해야 한다. 수단 속담에 이런 말이 있다고 한다. "썰물이 가면 밀물이 오리라…."

여기 청주에서 지난봄부터 삶의 얘기보따리를 준비한 일곱 명의 보통 사람들이 있다.

남편을 무대에 초청하고자 했으나 얼마 전 하늘나라로 가버려 "이 자리에 나오지 않은 남편을 고발한다."로 시작되는 여염집 아낙네의 가슴 저린 이야기부터 아빠 얼굴을 보지 못하고 태어나 외할머니 손에 크면서 술에 취한 외할머니가 흉기를 들이대는 어두운 빈 방에서 마냥 엄마를 기다리며 떨어야 했던 지금은 갓 스물한 살 되는 아가씨의 눈물겨운 스토리 하며, 엄마 없이 자라나 눈이 몹시 내린 어느 겨울날 언 손을 호호 불며 학교에 등교했다가 선생님으로부터 개교기념일이란 말을 듣고 엉엉 울며 귀가해야 했던 한 웃음 강사의 스토리 등 숱한 아픈 과거가 청중들을 감동의 무대로 이끌게 된다.

남불 앵커 힘내라. 얍!!

우리네 찐한 삶의 체험보다 더 뭉클한 게 어디 있으랴. 7인의 희망릴레이 특강에는 떨림이 있다. 끊임없이 변주되는 이들의 "할 수 있다!"에 깊은 울림이 있는 까닭이다. 썰물이 가면 반드시 밀물이 오는 법!

이 글을 읽는 여러분을 정중히 초대하고자 한다. 현대 HCN 충북방송 바로 앞에 있는 충북여성발전센터에서 내일11.28(수) 저녁 7시에 그들이 온다!

2012년 11월 26일 충북일보

대선유감

다사다난했던 임진년이 저물고 계사년 새해가 밝았다. 어느 해라고 복잡다단하지 않을까 싶지만 지난해는 유독 더 그랬던 것 같다.

지난해 말, 말도 많고 탈도 많았던 대선이 끝났다. 그 결과 과반수의 지지로 집권여당이 다시 국정을 돌보게 됐다. 남과 북이 진즉에 나눠진 한반도, 동과 서로 또다시 나뉘고, 이번엔 세대 간 갈등마저 고스란히 투표로 증명됐다. 국민의 절반은 승리로 기뻐하고, 또 국민의 절반은 집단 '멘붕' 사태로 후유증이 오래가고 있다. 이른바 보수대연합의 승리라고 할 수 있겠다.

보수는 부패로 망하고 진보는 분열로 망한다 했던가! 그럼에도 이번 대선엔 보수가 하나로 똘똘 뭉쳐 대권을 견인해 냈다. 특히 소외감과 불안감을 느끼던 50대가 90%에 육박하는 투표율과 압도적인 여당 지지로 근자에 없던 선거지형도를 새로이 창출해 냈다.

선거는 끝났지만 대선의 여운이 길다. 보수와 진보의 대회전이라서가 아니라, 분단 조국의 현실이 너무도 안타깝기 때문이 아닐까 한다.

여전히 북풍이 불어왔고 국정원 여직원 사건이 막판 변수가 되었는가 하면, 토론을 주도해 국민적인 관심을 끈 이정희 후보의 사퇴까지 동강난 반도의 현실은 여전히 변수가 되어 표심을 자극했다.

'안철수 현상'은 기존의 정치권에 식상한 국민들의 희망이 되었으나 현실 정치의 높은 벽을 넘지 못했다. 심지어 아름답지 못한 단일화는 결국 부메랑이 되어 개혁을 원했던 대다수 국민들의 가슴을 아리게 했다.

이제 박근혜 당선인은 분명히 알아야 한다. 비록 그토록 본인이 원하는 대로 대통령이 되었지만, 절반의 국민은 아파한다는 것을. 또한 대통합을 기치로 걸었던 초심을 결코 잊어서는 안 된다는 것을. 무엇보다 진정성을 가지고 한 걸음 한 걸음 행보할 때, 반대했던 국민들의 마음도 서서히 풀어진다는 것을. 깨끗이 승복해야 함에도 마음 한켠이 아련한 것을 당선자는 깨어있는 의식으로 하나하나 보듬어 나가야 할 것이다.

선가에 '수처작주隨處作主'란 말이 있다. 처한 곳마다 주인공이 되

라는 뜻이다. 즉 어느 곳에 있든지 깨어 있으라는 활구다. 이제 구
중궁궐 청와대에 입성하는 박근혜 대통령 당선인께 '수처작주'를 선
물로 드리고 싶다. 늘 깨어있으라! 하여 대한민국을 질곡에서 벗어
나게 하라! 그 길만이 돌아서 있는 돌부처같이 냉랭하게 반대했던
국민을 한 방향으로 이끌고 나갈 길이 되리라.

임진년 흑룡의 해에 용 하나 솟아오르니 이무기가 아니라 호국
룡이 되게 하소서. 훌륭한 선장이 되길 기원해본다.

2013년 1월 7일 충북일보

입춘대끼리

입춘지절立春之節이다. 이제 바야흐로 봄의 문턱에 들어선 것이다.
봄! 말만 들어도 싱그럽다. 봄은 희망이다. 새싹이요, 그리움이다.
추운 겨울나기를 한 삼라만상 모든 존재가 간절히 기다려 온 봄.
임진년이 비로소 끝나고, 계사년의 출발이기도 하다. 입춘부터 절
기가 바뀐다는 것을 아는 이는 많지 않은 듯하다.

봄은 청靑이요, 향向으로 치면 동東이다. 얼마 전 어느 분이 쓴 글
에서 화두에 대한 이론을 곧잘 풀어 놓더니 급기야 "달마가 동쪽으

로 간 까닭은?"이란 화두에 대해 친절하게 설명하고 있는 것을 보았다. 그분 견해로는 제자를 찾아 달마가 동으로 갔다는 것이다. 일견 이해는 되지만, 이는 달을 가리키는 손가락 끝만 쳐다보는 형국이다.

몇 해 전에 작고하신 한 한의사 선배님이 "달마도의 인상이 왜 이리 험악하냐?"는 문제를 던진 적이 있었다. 하여 "그만 찌푸리시죠."라고 답하니 틀렸다 하여 그분의 생각에 맞춰 "마지막 구경각에 이르기 위해 호흡을 하다 그리 되었습니다." 하니 정답이라고 좋아라 했다.

선문답은 결코 그런 것이 아니다. 역대 선지식이 펼쳐놓은 그물망에 보통은 다들 걸리고 헤매게 된다. 물음에 쫓아가면 이는 이미 멀어지고 또 멀어지는 것!

선가에 "한로축괴韓盧逐塊요, 사자교인獅子咬人"이란 말이 있다. 한나라 개는 돌을 던지면 그 돌을 쫓아가지만, 용맹한 사자는 돌을 던진 그 사람을 바로 문다는 것이다.

사자가 되겠는가? 한나라 개가 되겠는가? 달을 곧장 바라보겠는가? 손가락 끝만 보고 말 것인가?

이제 "달마가 동쪽으로 간 까닭은?"에 대한 필자의 견해를 밝히고자 한다.

달마에서 꼼짝하지 말아야 한다. 동쪽으로 이리저리 헤매면, 아직도 추운 동토에서 빠져나오기 힘들다. 지금 이 자리에서 문득 달마를 볼 수 있다면 바야흐로 '입춘지절', 봄을 곧장 만나게 되리라.

이제 입춘을 맞는 우리네 필부의 삶도 희망으로 엮어져야 한다. 지금 삶이 비록 곤고하다 하나 동에서 시작되는 봄의 기운은 꽁꽁 얼어붙었던 동토만이 아니라, 우리의 마음까지 설레게 한다.

춘래불사춘.

봄은 왔지만 봄이 아니라는 의미를 훌쩍 뛰어넘어 정녕 봄다운 봄을 맞을 채비를 해야겠다. 이미 남쪽에선 봄바람이 시작되었다. 얼마 전 2박 3일간 남도기행을 하며 봄기운이 물씬 풍기는 남도의 정취에 흠뻑 취하고 청주에 온 적이 있다.

봄! 산천초목도 함께 기뻐하는구나!

달마도 기뻐 함박웃음 껄껄 터뜨린다.

봄비의 공덕

며칠 전 촉촉한 봄비가 내렸다. 목마름에 갈구하던 산하대지가 금세 생기를 되찾았다. 창밖으로 펼쳐지는 풍경도 그 전날과는 달랐다. 나무들이 춤을 추고 새싹들이 방긋 웃는 것처럼 보였다.

비는 하늘과 땅을 연결시킨다. 내리는 그 모습을 직접 보는 것만으로도 충분히 설명되지 않는가. 비의 공덕 역시 큰 듯하다. 겨우내 잠을 자다 막 깨어나는 뭇 생명체에게 그야말로 감로수다.

농사를 준비하는 농부들에게는 하늘이 내려준 보약이다. 쩍쩍 소리를 내듯 말라가는 대지에 일순간 생기를 부여하니 이 얼마나 큰 공덕이 아니겠는가.

차창 밖으로 무심천 벚꽃나무들이 보인다. 아직은 꽃 한 송이 보이지 않지만, 이내 이 비가 자양분이 돼 흐드러지게 피어날 것이다. 꽃 한 송이를 피우기 위해 비는 얼마나 큰 공덕을 베푸는 것인가.

유독 비를 좋아하는 필자는 가끔 온몸으로 비를 맞고 싶은 충동에 이를 실천으로 옮기기도 한다. 하지만 요즘은 산성물질이 함유되어 있다고 하니 행여 나쁜 영향을 끼칠까 염려스러워 온몸으로 비 맞기가 꺼려지기도 한다. 그래도 비 오는 날 우산을 접고 비를 맞아 본 사람들은 알 것이다. 비를 맞는 상쾌함이 무엇인지.

봄비를 감상하면서 간만에 쉬운 문젯거리 하나를 허공법계에 던져본다. 예비 공안이라 해 비교적 쉬운 화두다. 화두인즉 비가 사방에 내리는데 유독 젖지 않는 한 물건이 있으니 그것은 무엇이냔 말이다.

기실 존재계의 모든 생명체는 사람, 동물뿐만이 아니라 말 못 하는 식물까지도 영역 확보를 위해 다투고 있다. 그러나 동식물의 다툼이 생존을 위한 최소한의 다툼으로 그치는 데 반해 유독 우리 인간만은 끝없는 욕망의 노예로 전락하고 있다. 만족할 줄 아는 것이 가장 큰 부자임에도 물욕에 이끌려 시달리고 있는 것이다.

온 천지에 골고루 은혜를 뿌릴 줄 아는 이 봄비 소식이 물욕 내려놓는 활구가 되었으면 한다. 이제 봄비가 내리면 세상의 모든 다툼거리를 내려놓기 바란다.

2013년 3월 25일 충북일보

벚꽃은 언제 지는가

세상 사람들은 가깝고 작은 것을 분주히 찾아다니지만, 난 홀로 넓고 큰 무엇을 모색하므로 남들이 보기에는 마음의 중심이 잡히지 아니하여 광막한 들을 헤매는 듯하다.

타고난 성품은 담백하여 짠맛조차도 잃어버린 바닷물과 같고, 어디서 불어

와서 어디로 흘러가는지 알 수 없는 거센 바람같이 그칠 줄 모르는 듯하다.

하지만 나는 사람들과 다른 점이 있으니, 나에게 물을 주는 어머니인 자연을 사랑한다. 왜냐하면 어머니인 자연은 내 생의 근본이 되기 때문이다.

문득 새벽에 눈을 떠 흥얼흥얼 노래를 불러 본다. 때는 호시절, 도처에서 꽃들이 피어나고 새들이 노래한다. 마침 벚꽃이 화사하게 피어나 사람들을 불러 모은다.

벚꽃을 보면 비장미가 있다. 어느 날 확 피었다가 이내 후드득 지고 마니 아쉬움을 남기는 여운이 있다. 마치 천년만년 갈 것 같은 우리네 인생도 찰나와 같다고 벚꽃은 일깨운다. 마치 정신 번쩍 나게 하는 장군죽비처럼.

언젠가 '라스트 사무라이'라는 영화를 본 적이 있다.

성주이자 선객인 마을의 지도자 사무라이가 화려한 벚꽃에 취해 시 한 수 짓다가 마지막 구절을 완성치 못한다. 이후 그는 대포와 총을 앞세운 외세의 침입에 칼로 대항하다 장렬히 전사한다. 달리던 말에서 떨어진 그의 눈에 들어온 벚꽃 한 그루! 화면 전체가 눈부신 벚꽃으로 가득 찬 스틸 사진이 된다. 이때 마지막 뱉는 선객의 말.

"완벽하군!"

짧은 이 장면이 생생한 것은 벚꽃이 주는 영상미와 짧지만 강렬

한 대사 덕분일 것이다.

　많은 사람들을 기쁘게 한 벚꽃! 하지만 곧 지고 말 것이다. 화무십일홍이요, 권불십년이라! '꽃은 열흘도 붉지 아니하고, 권력은 10년을 가지 못한다.' 마치 벚꽃을 두고 생겨난 말인 듯하다.
　벚꽃은 우리의 스승이다. 인생이 유한함을 온몸으로 보여 주는. 하지만 돈에 취하고, 명예에 취하고, 권력에 취한 사람들은 무엇이 정말로 중요한지 놓치고 사는 듯하다.

　오늘 문제 하나 던져 본다.
　벚꽃은 언제 피었는가. 또 언제 지는가. 단박에 피고 지는 도리를 순간 증득했다면 과연 대장부라 할 것이다.
　오늘 벚꽃이 찬연하다.

2013년 4월 15일 충북일보

건강이 화두가 되고 있는 요즘

6월이다. 벌써 여름이 시작되고 있다. 지난주 봄이 가는 걸 시샘이라도 하는지 연 사흘 비가 내렸다. 참 묘하다. 해가 쨍쨍할 땐 비가 그립더니, 비가 계속 오니 오히려 해가 그립다.

우중에 인근 대전의 계족산을 찾았다. 황톳길로 유명해진 곳이다. 맨발로 걸어 보았다. 단식을 3주 진행하고 회복식을 하는 터라, 초입새에 있는 허름한 가게에서 도토리묵을 시켜 술 없이 묵만 먹어 보았다. 별미였다. 하기사 무엇이 맛없을까 싶지만 보기와 달리 꿀맛이었다.

단식을 5월에 진행해 보며 많은 것을 느껴 보았다.

지구 곳곳에서 발생하는 산불과 홍수, 허리케인, 태풍, 지진, 빙하가 녹는 현상은 어디서 기인할까. 바로 지구 온난화가 주범이다. 그렇다면 각종 질병의 원인은 무엇일까. 바로 독소가 그러하다. 깨끗한 공기, 맑은 물, 정갈한 먹을거리가 그 어느 때보다도 귀한 시기가 아닌가 싶다.

마침 비 온 뒤의 계족산은 공기가 더할 나위 없이 깨끗했고, 물은 맑아 보였다. 가게 주인아주머니가 직접 기른다는 오이는 다소 모양새는 볼품없었지만 정갈한 먹을거리요, 도토리묵 또한 그러했다. 이른바 '웰빙'을 한 것이다. 더구나 기분 좋게 맨발로 황톳길을 걸었으니.

단식을 하고 나니, 몸의 독소가 많이 빠진 듯하다. 걷기가 한결

수월하며, 새벽에 절로 눈이 떠진다. 가장 큰 수확은 시력이 독수리눈처럼 확 밝아진 것. 이는 필시 간이 회복되는 징조렸다. 이참에 아예 금주 선언을 해버렸다. 술 대신 차에 관심을 갖게 되니 몸에서 냄새도 안 난다고 집사람과 아이들이 좋아라 한다.

단식을 통해 몸무게를 줄인 것은 오히려 부수적인 것이다. 1주일의 단식은 피를 정화하고, 2주일의 단식은 뼈를 정화하며, 3주간의 단식은 마음을 정화한다고 했던가. 먹던 약을 과감히 끊고도 오히려 더 나은 상태를 유지하고 있다. 내면의 자연치유력이 발동되는 까닭이다.

숲은 언제나 우리를 치유하고 있다. 과감히 구두를 벗고 맨발로 걸어보라. 그리고 어머니인 땅이 주는 소리와 촉감을 느껴보라. 우리 인간은 자연을 정복하려 들지만 자연은 언제나 넉넉한 어머니의 마음으로 우리에게 말하고 있다. 자연의 품으로 돌아오라고.

건강이 화두가 되고 있는 요즈음이다. 일단 현대인들은 넘치는 식사로 각종 독소에 오염되어 있는 듯하다.

세끼 식사가 정착된 것은 불과 150년이 채 안 된다 한다. 농업혁명과 산업혁명 덕에 비로소 인류는 굶주리지 않고 배불리 먹게 되었지만 이는 오히려 병고의 가장 큰 기제로 작동하고 말았다.

1일 1식이 화제가 되고 있는 지금, 비록 1식은 힘들다 해도 1일 2식을 생활화한다면 보다 건강해지고, 식량난을 겪고 있는 지구촌 전체에도 희망가가 되지 않을까 한다. 성큼 다가선 더위에 독자 여러분의 건강을 기원해 본다.

2013년 6월 3일 충북일보

충북 농촌 관광 주간을 선포합니다!

작년 세월호·참사 이후 체험객의 급감으로 힘들어하는 농촌 체험 마을의 활성화를 위해 최근 정부가 적극적으로 추진하는 관광 주간5.1~14을 활용해야 합니다.

관광 주간은 문화융성시대를 맞아 국내 관광 활성화와 내수 시장의 확대, 여름 휴가철에 집중된 휴가 분산을 위해 봄, 가을 일정한 시기를 정해 정부가 관광을 장려하는 제도입니다.

특히 농림부는 '농촌 관광 가족 주간'을 진행하는 등 내수 경기촉진을 위해 전방위적인 관광 활성화 정책을 펼치고 있어 우리 충북도 농촌 체험 휴양 마을로서는 절호의 기회가 아닐 수 없습니다.

현재 충청북도에는 55개의 농촌 체험 휴양 마을이 있는데, 각 마을마다 고유의 색깔로 손님들을 맞을 채비를 이미 끝내고 단장하고 있습니다.

청풍명월로 수려한 산과 내, 그리고 넉넉한 인심으로 양반고장을 자처하고 있는 충북! 유독 바다가 없는 터라, 여름이면 바다로 향하는 관광객들의 마음을 돌릴 수 있는 절호의 기회가 아닐 수 없습니다.

산청청 물철철!

이번 관광 주간을 맞아 충청북도를 찾은 관광객들이 충북의 맛과 멋에 반한다면 충북을 다시 찾음은 자명한 일이요, 구전 홍보효과로 1석 2조가 될 것입니다.

작금의 어려운 농촌경제에 새로운 활력소이자 도약대가 될 충북 농촌 관광 주간은 그래서 그 의미가 사뭇 중하다 할 것입니다. 무엇보다도 도내에 거주하는 충북 도민부터 내 고향 바로 알기와 고향 사랑을 통한 실천의 행보를 하기를 당부 드립니다.

가족 관광을 충북 농촌 마을에서 보내는 건 멋진 추억을 남길 뿐만 아니라 우리 충청북도 농촌이 거듭 태어나는 데에도 보탬이 될 것입니다.

도민 여러분의 농촌 사랑을 간절히 촉구합니다.

2015년 4월 21일 충청미디어

누가 문장대 온천을 자꾸만 개발하려 드는가

지난 30년간 환경을 지키겠다는 일념 하나로 생업까지 미뤄가며 경북 상주의 온천개발을 저지해 온 괴산군민과 충북도민은 또다시 힘겨운 싸움을 벌여야 하는 상황에 직면했다.

지난 6월 10일 문장대 온천관광지 조성사업 환경영향평가서 본안이 대구지방환경청에 접수되면서 다시 촉발된 이번 갈등은 개발과 환경보전의 차원을 떠나 지역 대 지역이라는 갈등 양상으로 번지고 있다.

이미 대법원에서 두 차례나 사업 취소가 되어 명분을 잃은 사업임에도 문장대 온천관광휴양지개발 지주조합은 개발 이익이라는 탐욕에 눈이 멀어 대한민국의 헌정질서에 반하는 명분 없는 사업을 다시 도모하고 있다.

환경 훼손이 뻔히 두 눈에 보이는 이번 사업추진은 1급수인 달천 최상류 지역에서 하루 2,200톤의 온폐수를 방류하게 되어 괴산, 충주는 물론이거니와 수도권 지역의 상수원인 달천과 남한강의 수질오염으로 인해 하천 생태계를 송두리째 파괴할 것은 명약관화한 일이다.

더욱이 개발 이익은 고스란히 지주 조합과 경북으로 가는 반면, 피해는 온전히 충북도민과 수도권 주민들이 입게 되어 환경정책의 근간이 되는 오염자 부담 원칙과 수익자 부담 원칙에 어긋나는 정의롭지 못한 사업이 아니겠는가!

작금의 대한민국 산하는 개발이라는 미명하에 산이 깎이고, 땅이 파이고, 물줄기가 뒤틀리고 있다. 4대강의 무분별한 개발로 인해 온 산하가 신음하고 있음을 두 눈으로 똑똑히 보고 있지 않은가!

오호 통재라. 한 줌 이익에 두 눈 멀어 개발을 추진하는 무리들이여. 산하는 하늘이 준 선물이며, 보듬어야 할 우리네 자식임을 왜 외면하는가. 포클레인 밑으로 기어 들어가면서까지 온몸으로 막았던 우리 충북도민들이다.

즉각 문장대 온천 개발 사업을 중단하기를 촉구한다. 그 길만이 더 이상의 소모전을 중단하고, 우리 산하를 살리고, 서로를 상생케 하는 길이기에.

2015년 7월 20일 충청미디어

괴산 유기농 엑스포 현장을 미리 다녀오다

백로 하루 전날, 하얀 뭉게구름이 유난히도 파란 하늘에 잘 어울리던 날에 괴산 유기농 엑스포 현장을 찾았다. 마침 이날은 필자가 사무처장으로 있는 충북 농촌체험 휴양마을 협의회와 유기농 엑스포 조직위가 MOU협약식를 체결하는 날이었다.

오노균 협의회 회장님과 엑스포 조직위 허경재 사무총장 간의 협약식이 있었다. 김은선 협의회 사무국장과 반주현 사무관도 함께 했다. 이어 안내를 받아 구석구석을 살필 수 있었다.

세계 최초의 유기농 산업엑스포 현장은 126만㎡의 행사장에 10대 주제관과 7대 야외전시장, 테마관, 산업관, 음식점과 각종 체험시설이 들어서 있었고 한창 마무리 공사가 진행되고 있었다.

10대 주제관은 제1주제가 건강하고 복원력 있는 토양, 제2주제가 깨끗한 물, 제3주제가 풍부한 생물다양성, 제4·5주제가 맑은 공기와 양호한 기후, 제6주제가 동물 건강과 복지 증대, 제7·8주제가 최적의 품질과 인류의 보편적 복지, 제9주제가 생태적 삶, 제10주제가 유기농업 실천기술로 선보이게 된다.

충북도와 괴산군, 세계유기농업학회ISOFAR가 공동으로 개최하는 '2015 괴산세계유기농산업엑스포'는 오는 9월 18일부터 10월 11일까지 괴산군청 앞에 있는 괴산군 유기농엑스포농원 일원에서 '생태적 삶, 유기농이 시민을 만나다'를 주제로 제1회가 펼쳐진다. 3년에 한 번씩 개최될 세계적인 유기농엑스포는 향후 국내에서 다시 개최되려면 적어도 반백년 이상은 흘러야 하리라.

조직위 선정 10대 흥미 콘텐츠는 생명의 씨앗 탑, 긴꼬리투구새우, 오가닉 카페, 유기농 식당, 생명의 향연 잡초 밭, 흙 향기 가득한 주제전, 스마트폰 텃밭 사진 전시회, 직거래 장터, 생태 체험 시설 등으로 많은 관광객들의 사랑과 관심을 모을 전망이다.

메밀꽃이 눈부시게 피어 일행을 환하게 반기는 가운데, 눈망울 큰 소 인형은 금세라도 울음을 터트리며 밭을 갈 기세다. 또한 박꽃 터널과 여주 터널은 그늘을 제공함과 동시에 볼거리로 감탄사를 연신 터트리게 했다.

괴산에 있는 참새들만 신이 났다는 설명에는 일제히 웃음꽃이 피어났다. 나락이 익어 가면서 유기농의 건강한 생명력은 동물들에게도 최고의 선물이 될 터!

관람하는 내내 건강한 감탄사를 연신 터뜨리게 한 괴산 유기농 엑스포 현장. 생명의 축제장이 되어 찾는 이들에게 유기농의 가치를 선보이게 될 이번 괴산 유기농 엑스포. 바쁘게 살아가는 현대인에게 힐링이 되어 줄 축제장이기에 소풍 가는 날을 손꼽아 기다리는 어린이같이 마음이 설렌다. 하늘과 땅의 유기농 동식물 캐릭터들이 관람객과 어우러지는 생명의 축제에 한바탕 어울릴 일이다.

2015년 9월 9일 충청미디어

새해 아침을 맞으며

병신년 새해가 밝았다.

입춘을 기점으로 비로소 시작되는 새해는 바야흐로 붉은 원숭이 해라 일컫는다. 천간의 병화는 붉은 색을 뜻하는 태양이며, 지지의 신금은 원숭이가 되기 때문이다. 붉다는 것은 오행으로 치면 심장에 해당되니 새해는 두근거림으로 맞을 일이다.

"희망은 절망에서 피어나는 꽃"임을 필자는 믿는다. 아무리 추위가 매섭고 동장군이 기승을 부려도 자연의 위대한 힘은 저 아래 땅으로부터 시작되고 저 위의 하늘로부터 이미 봄은 잉태되어 오는 것. 사람들 마음속에 희망의 씨앗을 품는 새해로 다가서기를 바란다.

새해에는 오롯한 '꿈'을 꿀 일이다. 그 꿈은 소박하고 아기자기한 꿈이기를 바란다. 가끔씩 '욕심'을 '꿈'으로 착각하는 우를 범하지 않기를 또한 바란다. 잔잔한 바다에서 한 물결 일어나 파도가 파랑이 되어 버리는 일이 비일비재하니까.

새해는 모두 건강하기를 바란다. 최근 필자는 3일 동안 꼼짝 못하고 누워있던 적이 있었다. 기적처럼 일어나게 되면서 그 무엇보다 건강의 귀함을 절절히 깨닫게 되었다. 두 발로 걸을 수 있다는 것은 크나큰 축복이다. 아니, 호흡하는 이 자체가 기적이다. 어제 세상을 떠난 이는 결코 볼 수 없는 오늘 새해 새 아침의 태양을 우리는 맛보고 있으니 이 얼마나 대견하고 고마운 일인가.

새해에는 넉넉한 마음으로 이 세상이 그래도 살 만한 세상이며, 따뜻한 세상이라는 사실을 늘 고맙게 여기며 살아가는 해가 되었으면 한다.

오늘 아침 떠오른 태양이 문득 고맙기만 하다. 두루 건강하시길 빈다.

새해 힘내라, 얍!

2016년 2월 8일 충청미디어

경칩 아침에

개구리가 깨어난다는 경칩이다.

봄비가 들더니만 기온도 20도 가까이 올랐다는 소식이다. 동토에서 겨우내 잠을 자다가 봄소식에 기지개 켜는 날. 바야흐로 선거 정국이 되었다. 선량을 뽑는 축제의 장이 되어야 하건만 에고Ego의 향연이 눈살을 찌푸리게 한다.

여與는 여與대로 국가 비상사태라면서 온갖 구린 안방 소식이 국민들의 마음을 불편하게 하고 있다. 야野는 야野대로 이합집산에 살아남기 위한 몸부림이 차마 보기가 안쓰럽기만 하다.

말로는 국민들을 찾지만 정녕 정치인들의 가슴에 국민이 존재하는지 묻고 싶다. '서민', '서민' 하지만 과연 이들이 서민의 삶을 살아 보았는지, 적어도 알고는 있는지 궁금할 일이다.

상대방의 약점을 찾아 상처 난 생채기를 물어뜯는 하이에나의 모습이 일견 스친다. 겉모습은 웃고 있지만, 그들의 마음속은 얼마나 새까맣게 타들어 가겠는가.

개구리가 깨어난다는 경칩은 우수와 춘분 사이에서 봄이 도래했음을 알리는 날이기도 하다. 숨어 있던 생명력이 비로소 깨어나는 뜻깊은 날이다. 나뭇가지에 움이 트고, 새싹이 돋아나는 생명 소식의 날. 하여 삼라만상이 깨어나는 날이다. 마음으로 말하자면 잠재의식이 깨어나고 고정관념이 깨어지는 날.

이제는 눈 밝은 국민들이 깨어나야만 할 것이다. 수많은 후보자들이 몸을 낮추고 표를 갈구하고 있다. 하지만 굽어진 허리가 당선되는 날 뻣뻣해짐을 이미 우리는 목도해오고 있지 않은가. 지역의 일꾼을 뽑는 일이기에, 이 사람이 어떤 사람인가를 눈여겨볼 일이다.

개구리가 "개굴" 깨어나니 우리네 의식도 활짝 깨어나길 경칩 아침에 소망해 본다.

2016년 3월 5일 충청미디어

떨어진 벚꽃을 보며

무심천길에 자전거를 끌고 나왔다가 벚꽃이 분분히 떨어져 있음을 본다. 한바탕 흐드러지게 피었다가 어느 날 뚝 떨어져 비장미마저 느끼게 하는 벚꽃은 그래서 더욱 아름답다.

선거가 끝났다. 국민의 힘이 권력의 향배를 바꾸고야 말았다. 오만한 여당에겐 준엄한 회초리를 들었고, 제1야당에겐 호남의 회초리 맛을 보이면서 절묘하게 여당을 견제시켰다. 신생 야당에겐 활로를 주어 제3당의 입지를 일단 살려주었다.

향후 국민의 지지를 얻고 힘

을 얻을 정당은 그 누가 될 것인가. 말로만 서민·국민을 찾는 정당·정치인이 아니라 국민들의 눈높이로 아파하며 진정성을 보이는 정당과 정치인에게 표가 갈 것이다. 표는 바로 마음의 상징이니, 국민의 마음이 천심, 즉 하늘의 마음이 아니겠는가.

벚꽃이 활짝 피었다가 그만 후드득 떨어지니, 시원해서 좋다. 내년을 또 기약하게 한다. 꾀죄죄하게 달라붙어 있는 개나리보다 벚꽃이 인기가 있는 까닭이 이런 심성 때문이 아닐까. 이번 선거에 보여 준 국민의 마음을 위정자들은 새길 일이다.

홀로 앉아 외쳐본다.
완벽하군!

2016년 4월 15일 충청미디어

민들레 홀씨 축제에 초청합니다

충청북도 '보은' 하고도 '회인', 회인에서도 산중턱에 자리 잡은 산골 동네가 하나 있다. 바로 부수2리 '하얀 민들레 생태마을', 30여 가구가 옹기종기 모여 사는 곳. 사방이 산으로 둘러싸인 곳인데 묘하게 자리하고 있는 천하의 명당 터다.

풍수계의 어느 고수가 찾아 당대에 대통령이 나올 만하다고 극찬하고 갔다 하니 과연 그러하다. 부수단하부수봉의 붉은 노을와 아미반월아미산성 반달은 회인 8경으로 마을의 입지는 하늘이 선사한 곳이 아니겠는가!

필자는 불교방송 시사앵커를 한 후 1년 2개월 동안 이 마을에 사무장으로 근무하게 되었다. 서울에서 태어나 시골생활은 초등학교 2학년 때가 전부. 하지만 1년 춘하추동을 겪은 어린 시절의 추억으로 산골 마을에 근무하면서 열악한 농촌의 현실을 보고 느낀 바가 많았다.

이 마을 정상에 있는 왕재에 자주 오르곤 했다. 저 멀리 대전의 식장산이 눈에 들어올 정도로 전망이 좋다. 철학은 물론 어느 사상도 자연 앞에서는 그 빛을 잃고 만다. 자연은 스스로 그러하기에 꾸밈이 없다. 인위는 자연 앞에선 무력해지고 마는 것이다.

덧칠한 한 생각으로 우리네 삶은 그 얼마나 고단한가! 자연은 뽐내려 하지도, 다투려 들지도 않는다. 그저 그 자리에서 우리를 위무한다. 도시에서의 빽빽한 삶에서 잠시 벗어나는 것도 좋으리라.

요즘 마을 사람들이 오는 5월 27일부터 29일까지 펼쳐지는 민들레홀씨축제 준비로 분주해졌다. 기존의 접대하는 축제에서 마을 사람들 스스로 즐기는 삶의 축제로 승화하기로 했다. 너나 할 것 없이 같이 어깨동무하고 춤추며 신나는 축제다운 축제가 작은 산골 마을에서 꽃이 피리라. 마을 할머니들이 뮤지컬 준비로 분주하다. 하늘이 선물한 천혜의 청정무구 산골에서의 추억은 덤이 될 것이다.

얼마 전 '하얀 민들레 마을'의 밤하늘을 바라본 적이 있다. 초롱이며 반짝반짝 빛나는 무수한 별들. 어린 시절 그렇게 빛나던 별들이 어느샌가 그 빛이 바래졌다. 하지만 산골 마을의 별을 바라보면 금방이라도 별의 바다에서 춤추고 싶어진다.

하얀 민들레가 수줍게 활짝 핀 수채화가 되어가는 풍경은 영원히 잊히지 않는 선물이 되리라. 자연은 어머니 품이기에.

2016년 5월 8일 충청미디어

까치네 포차는 단죄의 대상인가

청주 무심천 하상도로를 자전거를 타고 한참을 달려 숨이 턱에 걸릴 때쯤 포장마차 하나가 눈에 뜬다. 이제 제법 자전거 타는 마니 아들에겐 전국적으로 유명해진 명소이기도 하다.

최근 청주시 공무원들의 법 집행이 엄정해졌다. 수시로 계고장을 보내고 점검을 나와 8년 맘 졸이며 4남매를 키우고 사는 부부의 애간장을 태우고 있다.

물론 법 집행의 정당성에 대해 토를 달고 싶은 생각은 없다. 그럼에도 붓을 든 까닭은 필자가 그들의 저간 사정을 어느 정도 알고 있기 때문이다. 한때 실수로 전과자가 되어 영어의 몸이 되었지만, 이제는 크게 뉘우치고 과거를 깨끗이 정리하며 4남매를 알뜰히 키우고 있는 터이다.

최근 교육부의 한 고위직 공무원의 '개돼지' 발언으로 전 국민의 심사가 불편하다. 비록 술자리에서의 발언이라 하나, 소신발언이었다는 점에서 국민들의 분노가 하늘을 찌르는 것이다. 평상시 언행이 그러하기에 불거져 나온 것이 아니겠는가. 공무원은 주인이 아니라 머슴이어야 할 것이다. 그렇다면 진정한 주인은 누구인가?

필부필부이며 장삼이사가 되는 서민들이 응당 주인이어야 할 것이다. 이제까지 법이 권력과 지위, 막대한 부를 가진 사람들에겐 유독 약한 모습을 보여 왔지 않은가! 하여 포장마차로 생계를 삼고 있는 이들에게까지 법 집행을 당차게 하는 모습은 어쩐지 추레해 보인다.

법은 무엇인가? 물 흐르듯 하는 것이 법이 아니겠는가. 주위를 깨끗이 청소하며 삶에 지친 사람들에게 큰 소리로 인사도 잘하고 시민들의 사랑을 받는 청주의 명소 하나쯤은 있어도 되지 않을까 싶다. 청주시의 넉넉한 마음을 기대한다면 과욕일까.

2016년 7월 20일 충청미디어

돼지감자를 키우며

필자는 보은군 회인면 부수리 '하얀 민들레 생태마을'에서 돼지 감자를 키우고 있다. BBS 청주 시사앵커를 그만두고 나서 지인들의 소개로 산골 마을 사무장의 직분을 맡은 적이 있다.

거의 70~80대의 분들이 옹기종기 모여 사는 산골 마을이다. 농사지은 걸 팔아드리기도 하고, 마을 축제 때 페이스북 등을 통한 적극적인 홍보로 1,000명이 넘는 분들이 오셔서 화제가 되기도 했다.

시골에 있으면서 농촌의 현실을 목도하며 분개하기도 했다. 60이 넘은 동네 형님 부부가 부추 작업을 사흘간 꼬박 하여 160단을 한가득 싣고 대전공판장에 갔으나 상차비, 하차비, 수수료 등을 제하고 손에 쥔 것은 불과 3만 원. 가지 농사를 잘 지어 놓고도 가격이 시원치 않아서 갈아엎겠다는 걸 말려서 SNS로 팔아 드린 기억이 새삼스럽다. 그렇게 마을 분들과 1년여 어울리면서 그들의 속내를 알게 되었고 농촌의 문제점을 하나하나 체득해 나갔다.

하드웨어에만 치중한 각종 농촌 사업은 그야말로 빛 좋은 개살구 격. 관광지로 전락한 어느 마을 주민 70가구를 2주에 걸쳐 인터뷰한 적이 있다. 마을 주민들은 서로 상처를 크게 입어 인심 좋은 시골 마을은 옛말이 되고 말았다.

마을 주민정영수 변호사의 배려로 땅을 130평 정도 무상 임대하여

30평에는 배추를 비롯하여 쌈야채, 당근, 방울토마토, 옥수수 등을 심어 보았고, 100평 밭에는 당뇨에 좋은 돼지감자를 심었다. 제초제, 농약, 비료는 전혀 쓰지 않았다.

첫해엔 3년 묵은 소똥 거름을 쓰고, 두 번째 해와 세 번째 해엔 내수에서 말을 기르는 친구최태호의 말똥거름을 얻어 뿌려 주었다. 무엇보다 씨앗이 중요하기에 부수리와 인근 신문리에 있는 돼지감자를 구해 심었더니 무럭무럭 잘 커주었다.

돼지감자는 식물 중에서도 이눌린 성분이 거의 20% 가까이 있는 천연 인슐린제로 당뇨에 좋다 하여 최근 각광을 받고 있다. 또한 다이어트와 체질 개선에도 큰 도움이 되어 사랑을 받는 작물이다.

뚱딴지라는 별호를 가진 돼지감자. 필자의 페이스북 친구인 미국 은옥바크너 할머니가 돼지감자를 해마다 찾곤 하신다. 올해도 이미 두 박스 먼저 주문을 받아두었다. 생으로 먹기도 하며우유랑 갈아서 먹으면 좋을 것이다, 고기 구울 때 같이 구우면 맛이 기가 막히다. 반찬으로도 훌륭하며 말려서 차로 마셔도 혈당을 떨어뜨리니 하늘이 준 선물이 아니겠는가!

산골 사무장을 한 후, 작년엔 충북 농촌체험 휴양마을 협의회 사무처장을 맡아 충청북도에 있는 58개 체험마을을 하나도 빠짐없이 둘러보았다. 제주를 제외하고 유독 충청북도만 조례가 없기에 조례 제정에도 힘을 보태 조례를 만든 것이 뿌듯한 보람으로 남는다. 또한 농림부 산하 '농사랑 알리미' 강사가 되어 농촌을 알리고 홍보하고 있다. 1차 산업인 농업이야말로 생존산업으로서 국가 생존의 버팀목이 되는 것이다.

　초고령화 사회에 이미 접어든 농촌 인구는 점점 줄어들어 올해 108만 가구에 불과하다. 농촌이야말로 가꾸고 보듬어 후손들에게 넘겨줘야 할 유산이다.

　올해 폭염은 지구온난화의 영향인데, 농촌의 땅이 점점 줄어드는 것과도 상관관계가 매우 크다. 하늘이 키우는 돼지감자를 보며 우리 농업, 농촌도 하늘이 돌보기를 간절히 바라 본다.

2016년 9월 27일 충청미디어

찾아가는 농사랑 알리미

　충북 보은군 회인면 부수리 '하얀 민들레 생태마을' 사무장을 맡으면서 농촌의 현실을 목도하게 되었다. 농어촌공사와 농협이 과연 농민을 위한 조직인가 하는 의문이 여러 차례 들기도 했으며, 농림부에서 펼친 광역사업을 비롯한 여러 사업들이 하드웨어에만 치중한 나머지 운용에는 무관심하여 회의감이 든 것도 사실이다.

　특히 충남에 있는 한 마을을 찾아서는 무려 50억 원이나 되는 돈을 들여 9층 건물을 세워 놓고도 9층 전망대와 1층만 제외하고는 나머지 층은 쓸데가 없게 만들었는가 하면, 운영도 제대로 못 하는 모습을 보면서 농촌에서 벌어지는 사업의 진면목을 느끼게 되었다.

그러던 참에 이번 농림부 소속 농정원에서 진행하는 '찾아가는 농사랑 알리미'에 참여하게 되어 도시민들을 상대로 원산지 제도와 로컬푸드 및 건강한 먹거리에 대해 강의를 하게 되었다. 도시민을 찾아 농촌의 현실과 농업의 소중함을 일깨워 주는 작업이기에 나름의 보람과 사명감을 안고 강의에 임하고 있다.

올해 농가의 수는 불과 108만 가구. 70년대에 1,000만 가구가 넘었던 것을 보면 농업 인구의 감소가 확연해 보인다. 농촌의 축소는 상대적으로 기후환경 등에도 예민하게 작동하게 된다. 올 여름 유난히 더웠던 이유는 바로 지구온난화인데, 농촌의 경작지가 축소되면서 지구는 점점 더 더워지고, 오염되어 간다. 녹지의 확보는 우리 생명줄과도 밀접한 것이 아닐 수 없다.

한편 한국에 들어오는 수입 밀의 비율은 무려 97.1%. 그런데 미국 세인트루이스에 있는 몬산토 회사가 만든 '라운드 업' 제초제의 주성분은 글리포세이트다. 이번 WHO세계보건기구에서는 글리포세이트를 발암물질 2급으로 공식 발표했다. 20년간 독점권을 가진 몬산토 회사의 로비가 의심되는 대목이다. 올해 특허가 끝이 나기에.

건강한 먹거리가 그 어느 때보다 소중한 시절이다. 이미 바다도 많이 오염되어 있다. 미국 클리어 레이크 호수에서 DDT, 즉 살충

제 성분을 조사해 보니, 식물성 플랑크톤plankton에서는 0.02ppm. 즉 1억 방울 중에서 두 방울 정도로 일견 무난해 보이지만 이를 먹고 사는 피라미의 몸에서는 2ppm으로 껑충 뛰게 되며, 피라미를 먹고 사는 베스의 몸에서는 20ppm에 육박할 정도로 위험 수위에 이미 달해 있다.

WHO에서 임신 가능성이 있는 여성들에게 참치 섭취를 제한하는 까닭은 수은이 너무 많이 함유되어 태아의 뇌 손상에 영향을 주기 때문이 아닌가. 지역 100㎞ 근방에서 나는 건강한 로컬푸드야말로 지역경제를 살리고, 건강한 먹거리를 담보하는 가장 확실한 길이다.

포도 농가가 밭을 갈아엎고 있다. 칠레와의 FTA 체결 이후 수입량이 거의 97%나 되기 때문이다. 우리 땅에서 나는 건강한 농수산물을 우리가 애용하지 않으면, 그나마 우리 농민들이 설 땅이 사라지게 된다.

최근 벼농사 짓는 농민들의 한숨을 우리는 기억한다. 15년 전 가격에 동결된 쌀값에 황금 들녘을 마냥 흐뭇하게 쳐다볼 일이 아닌 것을.

2016년 10월 10일 충청미디어

2장 깨우치면 한바탕 웃으리라

3장

충북저널 967,
이 시간 남불입니다

(충북저널 967 방송 멘트 모음)

2010년 경인년
충북 이야기

2010.10.1. 첫 오프닝 멘트

여러분, 안녕하십니까? 충북저널 967 이 시간 진행에 남불입니다. 지금까지는 이두영 앵커가 진행해 왔습니다만, 오늘부터는 제가 그 뒤를 잇겠습니다. 직분에 충실하라는 저희 은사님의 목소리가 귀에 쟁쟁합니다.

여러분! 세계적인 동기부여가 노만 빈센트 필 박사의 메시지를 전해 드릴까 합니다. 바쁘신 일손 잠시 멈추시고 저와 함께해 주시죠.

자. 오른손 잡으시고요.

"나에게 힘이 되는 일이라면, 나는 뭐든지 할 수 있다."

남불 앵커 힘내라, 압!!

한 번 더 큰 소리로 따라 하겠습니다.

"나에게 힘이 되는 일이라면, 나는 뭐든지 할 수 있다."

마지막으로 한 번 더 해 보겠습니다.

"나에게 힘이 되는 일이라면, 나는 뭐든지 할 수 있다."

좋습니다. 오늘 첫 소식입니다.

2010.10.2. 오프닝 멘트

여러분, 안녕하십니까? 충북저널 967 이 시간 진행에 남불입니다.

어제는 하늘이 열린다는 개천절이었습니다. 그러나 보통 사람과는 달리 눈이 열리지 못해 1급 시각 장애인으로 동경대 최초 박사가 된 전영미 박사님을 소개해 드릴까 합니다.

지난 목요일 중부매일 1면 기사에 소개된 청주 맹학교 출신 전영미 박사가 9월 29일 모교인 청주 맹학교를 찾아 강연했습니다.

"저에겐 나쁜 일은 빨리 잊어버리고 좋은 일은 오래 기억하는 버릇이 있어요."

이렇게 시작된 강연회에서, 언어도 서툴고 눈이 먼 상태로 낯선 땅 일본에서 힘들게, 힘들게 보낸 세월일 텐데. 무엇보다도 인내를 말할 땐 사실 크게 인내한 것도 없다며 다시 웃음을 터뜨렸습니다. 그녀는 웃으면서 자신을 얘기했지만 듣는 모두의 눈시울은 뜨거워졌습니다.

젖먹이 아들을 한 손으로 부둥켜안고 활짝 터뜨린 전영미 박사의 그 함박 미소는 결코 잊을 수 없는 한 장면으로 남을 것 같습니다.

힘내십시오! 여러분! 오늘 아침도 힘차게 시작합니다. 첫 소식 전해드립니다.

2010.11.8. 클로징 멘트

우연찮게 발견한 글귀인데요, 소개해 드릴까 합니다.

한 번의 포옹이 수천 마디의 말보다 더 많은 것을 말해줍니다. 포옹에 익숙하지 않더라도 누군가를 안아 보십시오. 따뜻한 포옹을 필요로 하는 사람이라면 더할 나위 없습니다. 당신이 있어 기쁘다는 것을 말뿐만 아니라 행동으로 보여 주십시오. 그것은 상대방은 물론 당신의 영혼에도 좋은 일입니다.

포옹은 얼싸안는다는 뜻입니다. 얼을 감싸 안는다는 뜻이 포함되어 있지요. 가슴뿐 아니라 그의 영혼까지 감싸 안는 것입니다.

처음에는 누구나 쑥스러워합니다. 그러나 자꾸 하다 보면 얼싸안는 그 따뜻함의 힘을 온몸으로 느끼게 됩니다.

한 번의 포옹이 사람의 운명을 바꾸고 기적을 일으킬 수 있습니다.

내일도 힘차게 찾아뵙겠습니다. 지금까지 진행에 남불이었습니다. 감사합니다.

2010.11.9. 오프닝 멘트

여러분, 안녕하십니까? 충북저널 967 이 시간 진행에 남불입니다.

반가운 소식이 도내에 울려 퍼졌습니다. 충북도와 충북교육청이 전국 최초로 내년부터 초중생과 특수학교 고교생 무상급식을 전면 시행하는 데 전격 합의했다 합니다. 민주당 소속의 이시종 지사와 보수 성향의 이기용 교육감은 지난 6.2 지방선거에서 2011년 전면 무상급식을 공통공약으로 내세우고 각각 당선된 바 있는데요. 빌 공자 공약이 아니라, 공평할 공 자 공약을 제대로 지켜 큰 박수 보냅니다.

안개 속에 있던 무상급식이 급물살을 타게 된 것은 서로 간의 주장을 굽히고 한 발짝씩 양보한 덕이라 하니, 간만에 흐뭇한 소식을 충북도민께 전하게 되어 기분 좋은 아침입니다.

오늘 첫 소식입니다.

2010.11.10. 오프닝 멘트

여러분, 안녕하십니까? 충북저널 967 이 시간 진행에 남불입니다.

바야흐로 청주·청원 통합의 물꼬가 터졌습니다.
청주시와 청원군은 오늘 오전 청원군청 2층 상황실에서 한범덕 청주시장과 이종윤 청원군수, 시·군 간부 20여 명이 참석한 가운데 청주·청원 광역행정협의회를 추진하게 됩니다.

민선 5기 들어 4년 만에 재개된 광역 행정 실무 협의회에서 합의된 청주·청원 통합 기반 조성사업 18건의 이행방안을 최종 협의하게 되는데요. 이번 업무 협약을 계기로 청주시와 청원군이 함께 상생 발전하는 초석을 다지고, 진정 주민들이 바라는 통합의 기틀이 마련된다는 점에서 큰 박수를 보냅니다.

남불 앵커 힘내라. 얍!!

무상급식 실시와 함께 날아든 낭보에 청취자 여러분과 기쁨을 같이합니다.

오늘 첫 소식입니다.

2010.11.11. 클로징 멘트

최근 멧돼지들이 청주시내에 자주 출몰하고 있습니다. 멧돼지의 잦은 출몰로 시민들이 불안해하고 있는데요, 영역 싸움에 밀린 멧돼지가 다른 숲을 찾아 이동을 하는 습관이 있는데, 청주를 둘러싸고 있는 우회도로에 막혀 도심으로 진입했다는 것이 생태 전문가들의 주장입니다.

멧돼지가 도심을 찾은 것은 사람들의 무분별한 개발에 밀려 살 곳을 잃은 생명의 마지막 투쟁 같아 보입니다. 4대강 개발로 얼마나 많은 뭇 생명들이 그들의 터전을 떠나게 될까요? 오늘 아침에 다시 한 번 생각하게 됩니다.

지금까지 진행에 남불이었습니다. 내일도 힘차게 찾아뵙겠습니다. 감사합니다.

2010.11.15. 오프닝 멘트

여러분, 안녕하십니까? 충북저널 967 이 시간 진행에 남불입니다.

주말엔 중학교 동창 몇몇이 오송역 개통을 기념하여 KTX를 타고 부산에 다녀왔습니다. 1시간 50분이 걸리더군요. 그동안 부산은 청주에서 가기엔 다소 부담스런 거리였습니다. KTX 등장으로 일본 신칸센처럼 초기에 대도시로 사람이 몰리는 빨대효과가 우려되었습니다.

돌아오는 길에 오송역에서 버스를 탔습니다. 20분을 버스 안에서 기다리고 20분 걸려 가경동 버스터미널에 도착하였습니다. 버스는 단 1대만 기다리고 있었습니다. 오송역까지의 접근성 개선이 무엇보다도 시급해 보였습니다. 오송역이 조속히 자리매김할 수 있도록 도민들의 성원 부탁드립니다.

2010.11.16. 오프닝 멘트

여러분, 안녕하십니까? 충북저널 967 이 시간 진행에 남불입니다.

대학수학능력시험이 코앞에 다가왔습니다. 내일 모레면 전국에서 70여만 명의 수험생이 큰 시험을 치르게 되는데요, 막판 정리에 마음고생이 심하리라 봅니다.

비상교육 공부연구소는 수능 전날과 당일, 부모가 수험생 자녀에게 하면 좋은 말과 해서는 안 될 말을 소개했습니다. 절대 해서는 안 될 말로는 "재수할 생각 꿈도 꾸지 마."와 "밖에서 기다리고 있을게." "절대 긴장하면 안 돼." 등등이며, 부담을 덜어주는 말로는 "그동안 고생 많았다." "시험 무사히 치르기 바란다." "좋은 결과 기대해. 하지만 어떤 결과가 나와도 방법은 있어." 등입니다.

그간 학부모님과 수험생 여러분, 고생 많으셨습니다. 최선을 다해 좋은 결실 맺기를 기원합니다.

2010.11.16. 클로징 멘트

1년에 두 번 마음의 부자가 되는 사람들이 있습니다. 작은 정성을 모아 큰 봉사를 매년 실천하는 이들이 바로 청주자동차 광택협의회 회원들입니다.

협회 회원들은 모두 26명. 작은 사업가이기도 한 이들이 1년에 두 번 사랑을 실천하기 위해 찾는 곳은 괴산군 청천면에 있는 소망의 집입니다. 몸이 불편한 이웃들이 생활하고 있는데요, 목욕 봉사와 보일러 땔감 마련, 주변 청소 및 말동무를 해줍니다. 2004년부터 시작한 협회 회원들의 참석률은 100%. 오상원 회장은 말합니다.

"1년에 두 번 봉사활동을 할 때만큼은 모든 것을 잊고 재벌이 된 기분입니다. 어려울 때 이웃을 돕는 것이 진짜 봉사라고 생각합니다."

지금까지 진행에 남불이었습니다. 내일도 힘차게 찾아뵙겠습니다. 감사합니다.

2010.11.19. 오프닝 멘트

여러분, 안녕하십니까? 충북저널 967 이 시간 진행에 남불입니다.

충북도와 도교육청이 내년부터 무상급식을 실시하게 되는데요, 급식비를 수납하는 업무를 담당해 오던 학교 급식 사무 보조원의 일자리가 사라지게 되었습니다.

도내에 총 41명으로 파악되는 이들의 업무가 무상급식 실시로 존재 이유가 없어지게 되는데요, 이들을 채용한 학교나 도교육청에서도 아직까지 급식 사무 보조원에 대한 인사 계획이나 업무 변경에 대한 계획을 수립하지 않고 있다 합니다.

무상급식의 환호성에 묻혀 자칫 일자리를 잃게 될지도 모를 급식 사무 보조원. 이들의 거취를 두고 교육청 관계자들도 한목소리를 내지 못하고 있습니다.

오늘 첫 소식입니다.

2010.11.21. 클로징 멘트

오늘은 절기상 소설입니다. 입동이 지나면 첫눈이 내린다는 소설.

소설 추위는 빚내서라도 한다 했듯이 첫눈과 첫 얼음이 찾아드
니 시래기를 엮어 달고 무말랭이, 호박오가리, 곶감 말리기 등 대
대적인 월동 준비에 들어가는 때입니다.

많은 월동 준비 가운데 뭐니 뭐니 해도 김장이 가장 큰일인데요,
다행히도 얼마 전 만오천 원씩 하던 배추 값이 많이 떨어져 우리네
서민들의 마음을 다소나마 안심시키고 있습니다.

소설에 소설 하나 써 봤습니다.

지금까지 진행에 남불이었
습니다. 내일도 힘차게 찾아
뵙겠습니다. 감사합니다.

2010.11.23. 오프닝 멘트

여러분, 안녕하십니까? 충북저널 967 이 시간 진행에 남불입니다.

해외연수보고서를 전문위원실 직원들에게 위임하여 대필논란을 빚고 있는 청주시 의회가 이번에는 개인보고서를 제출자의 동의를 구하지도 않고 상임위원회 종합보고서로 둔갑시켜 말썽입니다.

문제의 보고서는 재정경제위원회 소속 육미선 의원이 작성한 것 인데요, 19일 오전 해당 보고서를 작성했으나 이날 오후 겉표지가 바뀌어 재경위 전체보고서로 둔갑했다 합니다.

해외연수비 총 소요액 6천 200만 원 중 자부담을 제외한 시의회 예산은 모두 4천 782만 원. 청주시민이 낸 세금에 대해 청주시 의원들은 모름지기 부끄럽게 여겨야 할 것입니다. 의원님들! 정신 차리십시오!!!

오늘 첫 소식입니다.

2010.11.23. 클로징 멘트

대형마트들이 지역 경제 활성화의 발목을 잡고 있습니다. 또한

'지역 자금 역외 유출'의 주범으로 몰리고 있는데요, 특히 올해는 사상 최대 매출을 기록할 전망이어서 비난은 더욱 거세지리라 봅니다.

도내 9개 대형마트들의 9월 판매액은 무려 715억 원. 전월 대비 20% 증가에 지난해 같은 기간에 비해서는 26%나 급증했습니다. 그러나 지역민들의 지갑에서 나온 자금은 고스란히 역외로 빠져나가고 있습니다.

영업이익의 사회 환원도 새 발의 피 정도로 미미해서 지난해 희망배달과 문화공익사업 등으로 지역에 내놓은 금액은 몇 억 원에 불과했습니다.

지역 경제에 전혀 도움이 안 되는 대형 마트들의 영업 행태. 소비자들의 현명한 선택이 어느 때보다도 중요해지고 있습니다.

지금까지 진행에 남불이었습니다. 내일도 힘차게 찾아뵙겠습니다. 감사합니다.

2010.11.26. 오프닝 멘트

여러분, 안녕하십니까? 충북저널 967 이 시간 진행에 남불입니다.

최근 한범덕 시장이 속병을 앓고 있다 합니다. 청주시의 곳간이 비었기 때문인데요, 성격상 남을 비판하는 말을 잘 못해 혼자 끙끙 앓고 있다는 게 측근들의 전언입니다.

청주시 재정 악화에 대해 말을 하다 보면 민선4기를 거론하지 않을 수 없고 따라서 남상우 전 시장에 대해 언급해야 하기 때문인데요. 벙어리 냉가슴 앓지 말고 이제 한 시장도 할 말은 해야 한다고 봅니다.

많은 공약을 이행해야 하는데 최소한 임기 전반기는 마음대로 사업을 하지 못해 차질이 빚어질 수밖에 없는 작금의 현실! 지방 선거를 앞두고 예산 1조 원 시대를 노래하던 남 전 시장의 의혹도 차제에 분명히 해명해야 할 것입니다.

2010.11.29. 클로징 멘트

지금도 일주일에 한 번씩 편지를 쓰는 윤지영 씨. 굳이 연필로 편지지 서너 장을 넘길 정도로 쓰는데 편지 받는 사람 주소는 모두 교도소입니다.

청주 상당구에 사는 45살의 윤지영 씨가 교도소 수용자들에게 편지를 쓰기 시작한 지는 벌써 7년째이고 받은 편지만 1천여 통이 된다 합니다.

한때의 잘못으로 교도소에 수감된 그들을 수용자라 하지 않고 편지 친구라고 부르며 세상을 향해 저주를 퍼붓던 이들이 결국 마음을 열게 하고 친구가 되게 한 그녀는 3살 때 척추를 다쳐 성장이 멈춘 지체장애 3급의 작은 거인입니다.

손가락 힘이 없어질 때까지 평생 편지를 쓰고 싶다는 그녀에게 항상 건강하시라고 말씀드리고 싶습니다.

지금까지 진행에 남불이었습니다. 내일도 힘차게 찾아뵙겠습니다. 감사합니다.

2010.11.30. 클로징 멘트

충주의 한 젊은 안과 의사가 베트남에 인술을 베풀고 있어 화제가 되고 있습니다. 주인공은 바로 41살의 송기영 원장입니다.

베트남의 가난한 농민들에게 '희망의 빛'이 되고 있는 송 원장은 지난 2007년에 이어 두 번째로 지난 19~20일 베트남 북부 하이퐁시 근처의 가난한 농민 20명에게 개안 수술 및 안과 진료 봉사를 했는데요. 19일 오전 베트남 의료진의 도움을 받아 당장 개안 수술을 받아야 할 환자 62세, 70세, 81세의 할머니 3명을 수술, 이들에게 밝은 빛을 선사했다 합니다.

국경을 초월하여 이루어진 송기영 원장의 봉사정신에 가슴마저 따뜻해짐을 느껴봅니다.

지금까지 진행에 남불이었습니다. 내일도 힘차게 찾아뵙겠습니다. 감사합니다.

2010. 12.1. 오프닝 멘트

여러분, 안녕하십니까? 충북저널 967 이 시간 진행에 남불입니다.

아니 이럴 수가 있습니까? 충북도립 청주의료원 장례식장이 관속 바닥에 까는 얇은 널조각인 칠성판을 재사용한 것으로 드러나 충격을 주고 있습니다.

청주의료원이 올해 10월까지 구매한 칠성판은 모두 73건. 하지만 판매는 792건으로 따라서 719건은 재사용한 것입니다. 많게는 10번씩 사용하며 매입단가 2,500원을 숨기고 새 제품 가격으로 하여 1만 원씩 받은 것으로 드러나 공공의료기관이란 이름을 무색하게 했습니다.

폭리를 취한 것은 물론 상주들 모르게 재사용한 행위는 사실상 도민들을 대상으로 사기 판매를 한 셈입니다.

죽은 자는 말이 없고 경황이 없는 유족들마저 두 번 울린 청주
의료원의 행태! 분명히 짚고 넘어가야 할 것입니다.

2010.12.2. 클로징 멘트

청천면 보건소 공중보건의로 있는 후배 녀석과 식당엘 들렀습니다.
아줌마 솜씨가 좋은지 식당 안은 바글바글~ 그중에서도 60대 초반
으로 보이는 아저씨 두 분이 있었는데, 한 분의 말씀이 워낙 크고
시끌벅적하더군요.

수많은 말 중에 유독 귀에 들어오던 한 대목.

"조강지처 버리면 산천초목이 울어~"

그 아저씨 나가자마자 저편에 있던 누군가가 말하더군요.

"이제 산천초목이 다 조용하네."

웃음을 참으며 앞에 있던 후배에게 저도 한마디 했습니다.

"산천초목도 스트레스를 받는단다. 안개가 위로한단다."

오늘은 산천초목 3종 세트 보내드렸습니다.

2010.12.6. 클로징 멘트

신사를 알아보는 방법은 많지만 절대로 실패하지 않는 방법이
하나 있습니다. 바로 '아랫사람을 어떻게 대하는가?', '아녀자들에
게 어떤 행동을 보이는가?'를 보는 것입니다.

남불 앵커 힘내라, 얍!!

즉 고용주는 직원을, 스승은 제자를, 장교는 부하를, 즉 자기보다 약한 사람을 어떻게 대하는가를 보아야 하는 것이라고 웰링턴은 말했습니다.

『스완슨의 알려지지 않은 매니지먼트 룰』에는 식당 종업원에게 함부로 대하는 사람은 절대로 비즈니스 파트너로 고르지 말라는 이른바 '웨이터의 법칙'이 나옵니다. 상대방에 따라 태도가 달라지는 사람과는 가급적 비즈니스를 하지 말라는 것입니다.

자신보다 약하고, 못 배우고 가난한 사람을 함부로 대해도 된다는 자세와 어디서나 감정을 표출하는 무절제는 미성숙의 고백이라 할 것입니다.

내일도 힘차게 찾아뵙겠습니다. 지금까지 진행에 남불이었습니다. 감사합니다.

2010.12.8. 오프닝 멘트

여러분, 안녕하십니까? 충북저널 967 이 시간 진행에 남불입니다.

청주 청소년광장과 상당도서관 건립사업에 청주시가 23억 원과 29억 원 등 모두 52억 3778만 원을 들여 특정인 소유의 구도심 땅을 사들인 사실이 알려져 특혜 시비가 제기된 바 있습니다.

한 재력가의 땅 매입과 관련, 토지 수용 절차가 시작된 이후와 광장 용지 결정 이후에 필지 합병이 진행된 것으로 확인돼 청주시가 감정가 부풀리기를 묵인했다는 의혹이 다시 일고 있습니다.

시는 지적법상 하자가 없다고 강변하지만, 사업 보상이 통보된 데다 도시계획 시설 결정 후 합병이 이루어졌다면 합병을 방치한 것은 문제가 있다는 게 전문가들의 공통된 견해입니다.

어찌된 영문인지 시민들은 궁금해하고 있습니다.

오늘 첫 소식입니다.

2010.12.8. 클로징 멘트

김호복 전 충주시장과 우건도 현 충주시장이 지난 6.2 지방 선거와 관련, 법정에서 마주쳐 각각 증인들을 대상으로 치열한 진실 공방을 벌였다 합니다.

지난 6일 청주지법 충주지원 형사합의부 심리로 열린 우건도 충주시장 선거법 위반 심리 공판에서 마주친 전직과 현직 시장의 법정소송, 양반 고장인 충주에서 고을 원님들의 다툼으로 자칫 도시

전체의 이미지가 흐려지지 않기를 간절히 바랍니다.

내일도 힘차게 찾아뵙겠습니다. 지금까지 진행에 남불이었습니다. 감사합니다.

2010.12.9. 오프닝 멘트

여러분, 안녕하십니까? 충북저널 967 이 시간 진행에 남불입니다.

충북 민언련의 사무국장 이수희 님의 글을 발췌하여 소개할까 합니다.

리영희 선생은 시대를 고민하는 이 땅 모든 이들의 선생님이었습니다. 또한 리영희 선생은 기자였습니다. 선생의 기자론은 이렇습니다.

"기자는 진실을 추구하는 직업이다. 기자는 강자의 입장에 서지 말고 권력에 한눈팔지 말아야 한다. 언론인은 가장 정직한 사관이고 공정한 심판관이다. 기자는 가난을 당연한 것으로 받아들이고 자기 삶을 꾸려 나갈 각오를 해야 한다. 가난이 좋다는 뜻이 아니라, 검소하지 않으면 돈의 유혹, 권력의 유혹에 이용당하기 때문이다. 기자는 권력에 '정절'을 팔면 안 된다."

열악한 여건 속에 모든 지역 언론인의 고민도 마지막 남은 기자로서의 사명감 하나로 버티고 있음을 봅니다. 지조를 지키는 오롯한 기자 정신만이 우리 지역사회를 밝히는 버팀목이 될 것입니다.

오늘 첫 소식입니다.

2010.12.9. 클로징 멘트

12월은 바야흐로 송년회 시즌입니다. 한 해를 마무리하며 지인들과 만나는 자리인데요, 여기에 꼭 빠지지 않는 것이 하나 있으니 바로 '술'입니다. 이른바 '술과의 전쟁'이 찾아드는데요, 술에는 장사가 없습니다. 왜냐하면 아무리 마셔도 공장에서 계속 찍어내기 때문입니다.

술을 덜 먹는 요령의 첫 번째는 충분한 식사라 합니다. 술은 한 가지 종류만 하는 게 좋구요. 대화를 많이 나누면 덜 취한다 합니다. 모쪼록 건강 유념하시어 슬기롭게 12월을 보내시길 빕니다.

내일도 힘차게 찾아뵙겠습니다. 지금까지 진행에 남불이었습니다. 감사합니다.

2010.12.10. 오프닝 멘트

여러분, 안녕하십니까? 충북저널 967 이 시간 진행에 남불입니다.

말도 많고 탈도 많던 세종시 특별법이 국회 본회의에 상정, 의결돼 세종시 건설이 본격 추진됩니다.

수년째 지루하게 끌어온 세종시법이 국회 본회의를 통과하자 연기, 공주, 청원, 청주, 천안 등 인근의 충청권 주민들은 뒤늦게나마 세종시법이 국회에서 처리돼 다행이라며 크게 환영하는 분위기입니다.

호사다마라 했습니다. 제대로 세종시가 정상궤도에 우뚝 설 수 있도록 끝까지 두 눈 부릅뜨고 지켜봐야 할 것입니다.

오늘 첫 소식입니다.

2010.12.10. 클로징 멘트

수능 성적 발표 후에 고3 교실에선 한바탕 난리가 난 모양입니다. 예년보다 수능 문제가 어렵고 시험 성적도 큰 폭으로 떨어져 많은 학생들이 아우성을 치고 허탈해하며 크게 실망하는 눈칩니다.

특히 올해는 전년에 비해 수능 응시자가 7만여 명이나 늘고 내년 교육 과정 개편에 따라 학생들이 재수를 기피할 것으로 보여 혼란스런 양상입니다. 모쪼록 남은 기간 최선을 다하길 빕니다. 냉정히 살피면 길은 많은 법입니다.

행복한 주말 되시구요. 저는 다음 주 월요일에 힘차게 찾아뵙겠습니다. 지금까지 진행에 남불이었습니다. 고맙습니다.

2010.12.14. 오프닝 멘트

여러분, 안녕하십니까? 충북저널 967 이 시간 진행에 남불입니다.

롯데마트가 5000원짜리 통큰치킨을 결국 16일까지만 판매하기로 했답니다. 일반 치킨 전문점과 비교해 가격은 1/3이지만 크기는 20% 정도 커 내놓기가 무섭게 팔려 나갔는데요.

기업형 슈퍼마켓인 SSM에 이어 이마트 피자, 그리고 롯데마트 치킨까지. 재래시장과 골목 슈퍼에 이어 이젠 동네 치킨집까지….

대기업의 자본 논리가 영세 상인들을 점점 코너로 몰고 있는 듯해서 영 뒷맛이 개운치가 않습니다. 전형적인 대기업 '미끼상품'에 서민들만 이리저리 휘둘리는 양상이 부끄러운 오늘의 자화상입니다.

오늘 첫 소식입니다.

2010.12.14. 클로징 멘트

오는 15일 실시되는 고입 연합 선발고사에서 지원자 59명이 미달되는 사태가 벌어지자 청주시내 중학교 3학년 학생들이 공부는 등한시한 채 놀기 바쁘다 합니다.

일선 중학교 교사들에 따르면 전문계 고교의 입시가 마감된 데다 청주시내 인문계 고교의 선발고사가 미달로 나타나자 학생들이 이때다 싶어 공부를 하지 않고 있다며 입시제도의 변경이 불가피하다는 것입니다.

학력 제고를 목적으로 논란 끝에 부활시킨 고입 연합고사! 출발부터 매끄럽지 못한 모양새에 대해 도교육청의 해법이 과연 무엇인지 묻고 싶습니다.

내일도 힘차게 찾아뵙겠습니다. 지금까지 진행에 남불이었습니다. 고맙습니다.

2010.12.15. 오프닝 멘트

여러분, 안녕하십니까? 충북저널 967 이 시간 진행에 남불입니다.

부모의 종교상 수혈거부로 영아가 사망했다고 여기저기서 떠들고 있습니다. 어떤 매체는 심지어 부모에게 사법적 처벌을 해야 한다고 주장합니다.

수혈을 거부한 그 종교를 믿는 부부는 '광신적 사이비 아기 살인자'가 됐습니다. 하지만 한겨레 기사를 보면 사망 원인은 세균 감염에 의한 패혈성 쇼크. 다시 말해 수혈이냐 무혈이냐를 떠나 다른 장기의 문제로 죽었다는 것입니다.

"수혈을 거부했다. 그리고 아기가 죽었다."

여기까지는 팩트입니다. 하지만 수혈을 거부해서 아이가 죽었다는 것은 기자의 소설입니다. 지금 이 순간 가장 슬퍼하는 사람들은 바로 '살인자'로 불리고 있는 이 엄마 아빠가 아닐까요?
사실과 진실은 이렇듯 다른가 봅니다.

오늘 첫 소식입니다.

2010.12.16. 오프닝 멘트

여러분, 안녕하십니까? 충북저널 967 이 시간 진행에 남불입니다.

행정도시건설청이 세종시와 청주를 최단거리로 연결하게 될 도로를 당초 계획보다 2년 앞당겨 2015년 말까지 완공할 계획이라고 밝혔습니다. 건설청은 지난 8일 편입 토지 보상에 착수, 내년 상반기 중 실시 설계를 마친 뒤 착공할 방침입니다.

이 도로에는 평면 교차로가 없기 때문에 도로가 개통되면 세종시 동부와 청주 서부 휴암동 사이를 자동차로 10분 안에 달릴 수 있다고 하는데요, 신나게 달리는 세종시 도로처럼 시원하게 뻥 뚫리는 소식이 많아졌으면 하는 바람입니다.

오늘 첫 소식입니다.

2010.12.16. 클로징 멘트

결핵 퇴치 기금 마련을 두고 매년 발행되는 크리스마스 씰의 판매방법이 논란을 빚고 있습니다.
대부분의 씰 판매가 초·중·고교생을 상대로 진행되고 있는데요.

학생들이 구매를 꺼리고 있어 일선 학교에서는 벌칙으로 크리스마스 씰을 구매하도록 하고 있는 등 부작용이 속출하고 있다 합니다.

일부 관공서에서도 구매 의사와 관계없이 월급에서 씰의 가격을 공제해 물의를 빚고 있는데요, 아무리 취지가 좋다 하더라도 방식에 문제가 있다면 그 빛도 바래지 않겠나 싶습니다.

내일도 힘차게 찾아뵙겠습니다. 지금까지 진행에 남불이었습니다. 고맙습니다.

2010.12.17. 클로징 멘트

충북 국회의원들의 내년도 살림살이가 적자재정으로 운영될 전망이라는데요, 이유인즉 청목회 사건으로 후원금이 뚝 끊어졌기 때문이라 합니다.

최근 후원금 모금 실적이 부진하면서 각 국회의원실에서는 목이 타고 있는데요, 사무실 운영에 연간 최소 1억 5천에서 2억 원이 필요한데 절반 남짓만 모였다 합니다.

궁하면 궁한 대로 살아날 길이 있습니다. 이참에 진정한 돈의 가치에 대해 반성해 보고 진정 서민들을 위한 정치가로 거듭나기를 기대해 봅니다.

남불 앵커 힘내라. 얍!!

행복한 주말 되시구요, 다음 주 월요일에 힘차게 찾아뵙겠습니다.
진행에 남불이었습니다. 고맙습니다.

2010.12.20. 오프닝 멘트

여러분, 안녕하십니까? 충북저널 967 이 시간 진행에 남불입니다.

세종시 이후 충청권 지역의 최대 관심사인 국제 과학비즈니스벨
트 조성 사업이 난항을 겪고 있습니다.

최근 여당 단독으로 처리한 특별 법안에 충청권 입지 명기가 빠
진 후 충청권 시·도지사가 건의서 제출과 함께 성명서를 발표했습
니다. 하지만 면피성 뒷북 대처라는 비난의 목소리가 높아지고 있
습니다.

지역 정치인들도 뒤늦게 과학벨트 충청권 조성을 요구하고 나섰
는데요, 원님 행차 뒤에 나팔 부는 모양새가 그리 좋아 보이지는 않
습니다. 오늘 첫 소식입니다.

2010.12.20. 클로징 멘트

충청북도 사랑의 온도계는 여전히 식지 않았습니다.

충북 사회복지공동모금회는 16일 보은군 농협지부 광장에서 '희망 2011 나눔 캠페인'으로 보은군 순회 모금 행사를 벌였는데요, 약 8천 8백만 원이 모아져 전년에 비해 96.3%를 달성했다 합니다.

보은중 학생들이 조금씩 모은 쌀을 판매한 수익금은 물론, 전교생이 불과 18명에 불과한 송죽초등학교 학생들도 훈훈함을 선사했는데요, 날씨가 추워져도 사랑의 불씨는 계속 활활 타오르길 기대해 봅니다.

내일도 힘차게 찾아뵙겠습니다. 지금까지 진행에 남불이었습니다. 고맙습니다.

2010.12.22. 오프닝 멘트

여러분, 안녕하십니까? 충북저널 967 이 시간 진행에 남불입니다.

충북 청주에 또 하나의 대형마트인 롯데마트가 입점하게 됩니다. 이로써 청주에는 모두 9곳의 대형마트가 상륙, 소비자들의 주머닛돈을 블랙홀처

남불 앵커 힘내라, 앞!!

럼 빨아들이게 됩니다.

리츠 산업이 흥덕구 비하동에 청주시의 건축허가를 받고 2012년 롯데마트를 입점시킬 계획인데요. 문제는 현실적으로 이를 막을 방법이 없다는 데 있습니다.

지역 환원 사업과는 전혀 무관한 대형마트와 SSM! 지역에 빨대를 꽂아 자금을 본사로 가져가는 대형마트의 행태를 강 건너 불구경하기에는 안타깝기만 합니다.

오늘 첫 소식입니다.

2010.12.22. 클로징 멘트

사고뭉치 면장을 바꿔 달라고 주민들이 요청하고 있다 합니다.

옥천군의 한 면장이 업무시간에 술판을 벌이는가 하면 양잠 판매상에게 면 회의실을 홍보장으로 제공했다는 것입니다. 잇따른 물의를 일으키자 면민들이 김영만 군수를 항의 방문, 면장 교체를 요구하고 나섰는데요, 이 면장은 지난 10월 초 업무시간에도 면장실에서 술자리를 벌이는 통에 충북도 인사위에 회부돼, 견책 처분을 받기도 했다고 합니다.

윗물이 맑아야 아랫물이 맑은 법입니다.

내일도 힘차게 찾아뵙겠습니다. 지금까지 진행에 남불이었습니
다. 고맙습니다.

* 이 캐리커처는 충북도 김병우 교육감님의 초청을 받아 도교육청 특강을 한 인연으로
  지선호 장학관님이 보내주신 것이다. 책을 통해 고마움을 전한다.

2010.12.23. 오프닝 멘트

여러분, 안녕하십니까? 충북저널 967 이 시간 진행에 남불입니다.

조계종의 정부 여당에 대한 반발이 불교계 전체로 확산되고 있습니다.

어제 동지를 맞아 전국 3,000여 사찰에서 규탄법회가 일제히 봉행되었는데요. 조계사 사부대중 일동은 성명서에서 "국론분열, 안보 불안, 종교 분쟁을 조장하는 현 정권과 여당을 규탄한다."며, "사자의 눈으로, 금강역사의 호흡으로 부처님 법을 지키겠다."고 밝혔습니다. 이번만큼은 불교계가 용맹스런 사자가 되길 발원합니다.

오늘 첫 소식입니다.

2010.12.24. 오프닝 멘트

여러분, 안녕하십니까? 충북저널 967 이 시간 진행에 남불입니다.

한나라당이 내년도 예산안을 단독, 강행 처리하면서 후폭풍이 거센 가운데 여야가 예산안 처리와 관련하여 청주에서 격돌했습니다. 민주당은 손학규 대표를 비롯한 당 지도부가 어제 청주에서 결의대회를 통해 "한나라당이 날치기로 처리한 4대강 예산 및 날치기 법안을 원천 무효화해야 한다."고 주장했습니다.

한편 국회 국토해양위원장인 한나라당 송광호 의원은 도청에서 기자회견을 통해 야당의 국가 필수 예방접종 예산과 방학 중 결식

아동 급식비 등 민생예산 삭감 주장을 반박했습니다.

친서민 예산과 관련, 여야가 첨예하게 부딪히고 있습니다. 서민의 삶을 과연 이들이 아는지 묻고 싶습니다.

오늘 첫 소식입니다.

2010.12.27. 오프닝 멘트

여러분, 안녕하십니까? 충북저널 967 이 시간 진행에 남불입니다.

충북 청주시가 재정난으로 허리띠를 졸라매는 가운데 청주시와 의회가 한 끼 식사비로 무려 203만 8천 원을 지출해 비난을 사고 있습니다.
청주시 의회에 대해선 집행부 감시 견제라는 의회 존재 이유를 망각한 처사라는 점을 넘어 자질론까지 대두될 전망입니다.

청주시도 겉으로만 '긴축 재정'을 운운하고 한쪽에선 혈세를 '펑펑' 낭비하는 전형적인 표리부동 행정을 펴고 있다는 비판에서 자유롭기가 어렵게 됐습니다.
행정사무감사를 불과 닷새 앞둔 시점인데 더구나 해당 식당이 청주시 의회 K의원이 운영하는 식당으로 드러나 도덕성 논란도 일고 있습니다. 참으로 어처구니가 없는 일이 아닐 수 없습니다.

오늘 첫 소식입니다.

2010.12.28. 클로징 멘트

청주시가 연말연시를 앞두고 '눈' 때문에 전전긍긍한다고 합니다.
청주시는 남상우 전 시장 당시 전 직원들이 예외 없이 눈 치우기 작업에 참석해야 하는 등 눈 잘 치우는 도시로 소문이 난 바 있습니다. 막상 5기 들어 겨울이 되자 눈 치우기 수위 조절에 고심하는 모습입니다.

시장의 업적을 눈 치우는 것만으로 평가하는 것은 분명 문제가 있지만 시민들이 눈 때문에 출퇴근길에 불편을 느낀다면 시에서도 적극 나서야 할 것이라는 한 시민의 따끔한 충고가 날씨만큼이나 매섭습니다.

내일도 힘차게 찾아뵙겠습니다. 지금까지 진행에 남불이었습니다. 고맙습니다.

2010.12.29. 클로징 멘트

　연말 송년회 모임이 이번 주 정점을 이룰 것으로 보입니다. 회식 장소인 음식점들의 모습이 대조를 보이고 있는데요. 대형 식당들은 지난해에 비해 많아진 예약손님들로 북적이며 즐거운 비명을 지르고 있다 합니다. 하지만 50명을 다 채우지 못하는 소형 식당들은 지난해에 이어 올 연말도 썰렁해 우울한 표정입니다.

　송년 회식이 주로 큰 식당으로 몰리면서 그나마 삼삼오오 오던 손님마저 끊긴 상태라는 한 소규모 식당 주인의 푸념은 '빈익빈 부익부'의 엇갈린 명암을 보는 듯합니다.

남불 앵커 힘내라, 얍!!

내일도 힘차게 찾아뵙겠습니다. 지금까지 진행에 남불이었습니다. 고맙습니다.

2010.12.31. 클로징 멘트

2010년 올 한 해를 마감하는 날입니다. 저희 BBS 청주 불교 방송을 사랑해 주시는 청취자 여러분께 진심으로 감사드립니다.

'깨침의 소리, 나누는 기쁨'이라는 슬로건처럼 늘 애쓰는 방송이 되겠습니다. 부족한 허물은 너그러이 덮어주시고 새해에는 하루하루 새로운 날이 되겠습니다. 사랑하는 청취자 여러분! 새해 복 많이 지으십시오!!

내년 월요일에 다시 찾아뵙겠습니다. 지금까지 진행에 남불이었습니다. 고맙습니다.

2011년 신묘년
충북 이야기

2011.1.3. 오프닝 멘트

여러분, 안녕하십니까? 충북저널 967 이 시간 진행에 남불입니다.

새해 희망의 사자성어에 민귀군경民貴君輕을 교수들이 뽑았습니다. '민귀군경'은 맹자의 '진심'편에서 "백성이 존귀하고 사직은 그 다음이며 임금은 가볍다."고 한 데서 유래합니다. 맹자는 백성 보기를 다친 사람 보듯 하라, 백성을 갓난아기 돌보듯 하라며 민본을 강조했던 사상가였습니다.

모쪼록 2011년 새해에는 나라의 근본인 국민을 존중하는 멋진 정치가 펼쳐졌으면 합니다.

오늘 첫 소식입니다.

2011.1.4. 클로징 멘트

검찰이 지난 총선을 앞두고 정치 자금을 주고받은 이용희 국회의원의 큰아들과 충북 남부 3군 전·현직 단체장을 불구속 기소했습니다.

청주지검은 지난 2008년 4월 총선 직전 정치자금을 건넨 이용희 국회의원의 큰아들과 돈을 받은 정구복 영동군수, 한용택 전 옥천군수, 이향래 전 보은군수를 정치자금법 위반 혐의로 불구속했다고 어제 밝혔습니다.

모름지기 돈 앞에서 당당할 수 있는 그런 정치인을 기대한다면 연목구어, 다시 말해 나무에서 물고기 구하기가 아닐까요.

내일도 힘차게 찾아뵙겠습니다. 지금까지 진행에 남불이었습니다. 고맙습니다.

2011.1.5. 클로징 멘트

새해가 되면 많은 흡연자들이 건강을 지키겠다며 금연을 선포하지만 안타깝게도 성공률은 5% 남짓. 그만큼 흡연의 유혹에서 벗어나기가 만만찮다는 반증인데요. 장형석 한의원 척추 관절 센터에 따르면 허리가 아프거나 걱정인 사람들이 금연을 위해 주목할 만한 정보가 하나 있습니다.

바로 '척추는 니코틴을 싫어한다'는 것입니다. 흡연하면 흔히 호흡기 질환을 떠올리지만 허리에도 심각한 악영향을 미친다고 캐나다 오타와 병원 외과 연구팀이 발표했습니다.

담배 두 개비가 선 듯한 2011년. 과감하게 담배를 꺾어야 척추가 바로 선다고 합니다. 담배는 몸에 나쁩니다.

내일도 힘차게 찾아뵙겠습니다. 지금까지 진행에 남불이었습니다. 고맙습니다.

2011.1.6. 오프닝 멘트

여러분, 안녕하십니까? 충북저널 967 이 시간 진행에 남불입니다.

청주시는 지난해 KTX오송역 개통과 오송 보건의료행정타운 준공 등 기회 요인을 적극 활용할 수 있는 10대 현안 사업과 중점 과제를 선정했습니다.

10대 현안사업은 청주·청원 통합 기반 조성, 녹색수도 추진 기반 구축, 청주국제공항 활성화 및 광역 교통망 구축, 일자리 만 개 창출,

직지 세계화 추진 등입니다.

중점과제로는 통합시 모델 제시 연구 용역 완료, 녹색수도 정책 기획단 구성 운영, 천안~공항 간 수도권 전철 연장, 공공 민간 부분 일자리 확충 등입니다.

청주의 미래 경쟁력을 강화하기 위한 행보 하나하나가 소중한 시점입니다.

2011.1.10. 오프닝 멘트

여러분, 안녕하십니까? 충북저널 967 이 시간 진행에 남불입니다.

충청권에 국제 과학 비즈니스벨트 입지 선정은 이명박 대통령의 대선 공약이었습니다. 하지만 지난 6일 공약에 얽매이면 안 된다고 발언한 임기철 청와대 과학기술비서관의 발언에 충북 정치권과 시민 사회단체가 발끈하고 나섰습니다.

이시종 충북지사와 민주당, '세종시 정상추진과 균형 발전을 위한 충북 비상 대책위'는 각각 성명을 통해 '충청권을 두 번 시험에 들게 하지 말라'며, 이명박 대통령은 약속대로 국제 과학비즈니스벨트 충청권 입지 약속을 이행하라고 촉구했습니다.

오늘 첫 소식입니다.

2011.1.10. 클로징 멘트

구제역이 전국적으로 맹위를 떨치는 가운데 자기만을 생각하는 시민들이 곳곳에서 등장하고 있어 눈살을 찌푸리게 합니다.

일부 운전자들이 도로 구간에 설치한 방제초소에서 내뿜는 소독약에 대해 불만을 터트리는 목소리가 높다고 합니다. 심지어 세차비를 내놓으라고 방역 관계자들과 실랑이를 벌이는 운전자들도 있어 방역 초소 공무원들의 사기를 떨어뜨리고 있다는데요.

자신이 존재하는 것은 주변의 타인이 있기 때문이라는 간단한 인간사 순리조차 외면하는 그들을 볼 때 구제역보다 더 무서운 사람들로 보입니다.

내일도 힘차게 찾아뵙겠습니다. 지금까지 진행에 남불이었습니다. 고맙습니다.

2011.1.11. 오프닝 멘트

여러분, 안녕하십니까? 충북저널 967 이 시간 진행에 남불입니다.

5명의 사상자를 낸 청주시 내덕동 원룸 화재로 소방도로 확보의 중요성이 강조되고 있는 가운데, 충북 도내에 소방차 진입이 어려운 구역이 103곳으로 조사됐습니다.

충북도 소방본부에 따르면 소방차 취약지의 대부분은 시장과 상가, 주거 지역의 상습 주차 지역으로, 소방도로 확보 실패는 사상자를 낸 화재에서 피해를 키우는 단골 원인으로 등장하고 있습니다.

내덕동 원룸 화재에서도 소방차는 출동 5분도 안 돼 현장 인근에 도착했지만 무질서하게 주차된 차량 때문에 결국 3시간이 지나서야 겨우 불길을 잡을 수 있었다 합니다.

추워지는 요즈음, 시민들의 의식 향상만이 유일한 해법으로 보입니다.

오늘 첫 소식입니다.

2011.1.12. 오프닝 멘트

여러분, 안녕하십니까? 충북저널 967 이 시간 진행에 남불입니다.

충북이 꽁꽁 얼어붙었습니다. 지구온난화에 따른 이상 한파가 보름 이상 지속되더니 급기야 10일에는 올 들어 가장 추운 날씨를 기록했습니다.

10일 아침 충북 지역의 수은주는 제천이 영하 19.7도, 보은이 영하 18.3도, 충주가 영하 16.6도, 청주가 영하 13.3도를 각각 나타냈습니다. 모두 이번 겨울 들어 최저치인데요. 지구온난화로 인한 라니냐 현상 때문이라 합니다. 삼한 사온이 오히려 그립습니다.

오늘 첫 소식입니다.

2011.1.12. 클로징 멘트

신묘년 새해 벽두부터 지역 경제가 이상한파, 물가 급등, 바이러스 창궐 등 이른바 트리플 악재에 발목이 단단히 잡혔습니다. 이로 인해 민족 최대의 명절인 설이 불과 20여 일 앞으로 다가왔지만 사회 분위기는 냉랭합니다. 혹독한 겨울나기에 지친 서민들의 얼굴에는 웃음이 사라졌고 구제역 쓰나미에 농촌 지역의 인심은 흉흉합니다.

동시다발적으로 터지고 있는 악재들. 그 어느 때보다도 도민들의 슬기로운 대처가 절실히 요구됩니다. 곧 지나가겠지요.

내일도 힘차게 찾아뵙겠습니다. 지금까지 진행에 남불이었습니다. 고맙습니다.

남불 앵커 힘내라. 얍!!

2011.1.13. 클로징 멘트

공무원들이 이중고, 삼중고를 호소하고 있습니다. 구제역 파동이 채 가시기도 전에 이번엔 AI, 다시 말해 조류 인플루엔자입니다. 방역 작업에 한시도 쉴 틈이 없습니다.

설상가상으로 날씨까지 안 도와 줍니다. 벌써 20일 이상 한파가 매섭습니다. 눈이라도 내리는 날엔 밤새도록 제설작업을 해야 합니다.

공무원들의 말을 빌리면 미치고 팔짝 뛸 지경입니다. 살처분에 동원된 수의사나 공무원들이 겪는 충격은 상당합니다. 식욕감퇴나 불면증, 두통은 기본적으로 동반됩니다.

이번 겨울 슬기롭게 헤쳐 나가야 되겠습니다.

내일도 힘차게 찾아뵙겠습니다. 지금까지 진행에 남불이었습니다. 고맙습니다.

2011.1.14. 클로징 멘트

요즘 눈이 심심찮게 내리고 있습니다. 눈이 오면 얼어붙은 출근길이 모든 운전자들에게 부담이 되는데요. 각 행정 기관에서는 눈이 내리면 모든 방법을 동원해 제설 작업에 나서고 있지만 시·군별로 차이가 납니다.

눈 잘 치우기로 소문난 청주시는 눈이 내리자 제설장비 10여 대를 동원해 수시로 제설 작업에 나서 다른 시·군의 비교 대상이 됐습니다.

청원군 북이면 최 모 씨는 "36번 국도를 이용하다 보면 청원군의 경우 내린 눈이 그대로 쌓여 있고, 청주시 쪽 도로는 눈이 녹아 있어 경계를 확실하게 구분할 수 있다."고 말했습니다.

엊그제 괴산 청천을 다녀왔는데요. 청원군은 차라리 사정이 나았습니다. 괴산군은 아예 제설작업을 엄두도 못 내는 듯했습니다. 어느 대책안보다도 자체단체장의 의지에 따라 제설작업에 차이가 나는 것 같습니다.

행복한 주말 되시구요. 다음 주 월요일에 힘차게 찾아뵙겠습니다. 고맙습니다.

2011.1.17. 오프닝 멘트

여러분, 안녕하십니까? 충북저널 967 이 시간 진행에 남불입니다.

시베리아 혹한이 연일 맹위를 떨치고 있습니다. 세력을 확장한

찬 대륙고기압의 영향으로 전국이 꽁꽁 얼어붙었습니다. 체감온도는 영하 30도까지 떨어지는 기록적인 한파로 따뜻한 남도 부산마저 96년 만에 영하 12.8도를 기록했습니다.

이번 한파는 오늘 아침에도 이어져 출근길 살을 에는 강추위로 옷깃을 여며야 할 것 같습니다. 마치 재난영화 '투모로우'를 보는 듯합니다. 건강 유념하셔야겠습니다.

오늘 첫 소식입니다.

2011.1.18. 클로징 멘트

충북도 경찰이 연초 이뤄지는 승진과 전보 등 인사 시기에 '함바집 비리 사건'이 맞물리면서 뒤숭숭한 분위기라 합니다.

경찰은 최근 강희락 전 경찰청장을 비롯한 경찰 고위급 간부 등이 줄줄이 비리사건에 깊숙이 개입된 것으로 드러나자 착잡해하고 있습니다.

또 평소 깔끔하고 신사적인 이미지가 강했던 박기륜 전 충북 경찰청장이 이번 사건에 연루된 것으로 알려지자 불똥이 어디로 튈지 몰라 전전긍긍하고 있다는데요. 도둑 잡는 포도청 윗선에서 떡고물을 너무 밝히면 영이 제대로 설지 의문입니다.

내일도 힘차게 찾아뵙겠습니다. 지금까지 진행에 남불이었습니다. 고맙습니다.

2011.1.19. 클로징 멘트

연초에 담배와의 전쟁을 벌이는 분들이 많을 것 같습니다. 담배를 피우고 나면 늦어도 30분 안에 담배 연기 속의 유독 물질에 의해 DNA가 손상된다는 연구 결과가 나왔습니다.

미국 미네소타 대학 암센터 스티븐 헤치트 박사는 폐암을 일으킨 것으로 알려진 페난트론이 흡연 후 30분도 안 되어 DNA를 파괴하는 또 다른 독성 물질로 전환된다고 밝혔으며 이를 AFP통신 등이 15일에 보도했습니다. 헤치트 박사는 독성물질을 직접 혈관에 주입했을 때와 맞먹을 만큼 빠른 속도라서 너무 놀랐다 합니다.

내일도 힘차게 찾아뵙겠습니다. 지금까지 진행에 남불이었습니다. 고맙습니다.

2011.1.20. 오프닝 멘트

여러분, 안녕하십니까? 충북저널 967 이 시간 진행에 남불입니다.

전력 수급 비상 상황에 대비해 에너지 절약 실천 운동에 들어간 18일, 도내 각 지자체와 교육기관, 공기업들은 한바탕 추위와의 전쟁을 치렀습니다. 정부 지침에 따라 피크 시간대인 오전 11시와 오후 5시에 1시간씩 난방이 중단된 것입니다.

내키지 않겠지만 그래도 에너지 절약에 가장 앞장선 것은 지자체와 공공기관. 하지만 이날 오후 임시회가 열린 충북도의회 본 회의장은 보란 듯이 24.1도. 계속되는 한파로 인한 전력비상사태가 우려됩니다.

에너지 절약에 너와 내가 따로 있을 수 없습니다.

오늘 첫 소식입니다.

2011.1.21. 오프닝 멘트

여러분, 안녕하십니까? 충북저널 967 이 시간 진행에 남불입니다.

국제 과학비즈니스벨트 입지 논란을 둘러싸고 '제2의 세종시' 사태로 비화되는 것 아니냐는 우려와 함께 충청 민심이 악화되고 있습니다.

청와대 비서관을 통한 대통령 공약 파기 의사 피력과 정부의 백지화 움직임, 이를 둘러싼 정치권의 갈등 등은 세종시 사태와 닮은 꼴 수순입니다. 하지만 충청 정치권은 격앙된 민심을 담아내고 폭발시키기는커녕 청와대와 정부를 상대로 교섭, 협상, 압박할 능력이 부족해 보입니다.

뒷북 대응에다 "이런 사태가 오기까지 뭐 했느냐?"는 질책에는 변명의 여지가 없어 보입니다. 때로는 냉정한 시선으로 바라보는 민심이 더 무서운 법입니다.

오늘 첫 소식입니다.

2011.1.24. 오프닝 멘트

여러분, 안녕하십니까? 충북저널 967 이 시간 진행에 남불입니다.

소말리아 해적에 납치됐던 '삼호 주얼리호' 선원 21명이 납치 6

일 만에 모두 구출됐다는 반가운 소식입니다. 구출 작전이 성공적으로 끝나자 이례적으로 이명박 대통령이 직접 구출 작전 성공의 담화를 발표했습니다.

담화에서 대통령은 국방부 장관에게 인질 구출 작전을 명령했다고 밝혔습니다. 하지만 국군 통수권자인 대통령이 명령했음을 모르는 대한민국 국민은 없을 것입니다.

오늘 첫 소식입니다.

2011.1.24. 클로징 멘트

간밤에 잠 못 이루신 분이 많을 듯싶습니다. 아시안 컵 이란과의 8강전에서 한국 축구가 1:0으로 신승을 했습니다. 껄끄러운 이란을 상대로 최선을 다해 국민에게 환호성을 선사한 태극호 전사들에게 큰 박수 보냅니다.

일본과의 4강전은 다행히도 밤 10시에 치러진다 하니 모처럼 한일전의 멋진 승부를 기대해 봅니다. 똘똘 뭉쳐 싸운 선수들에게 공로를 돌리는 것! 이것이 참된 지도자의 리더십이 아닐까 합니다.

내일도 힘차게 찾아뵙겠습니다. 지금까지 진행에 남불이었습니다. 고맙습니다.

2011.1.25. 클로징 멘트

충북도의회가 학원의 심야 교습시간을 제한한 조례안이 충북도의회 상임위원회를 통과한 가운데, 이번에는 학교 자율학습을 학생 스스로 선택하도록 하는 조례 제정을 계획하고 있어 논란이 예상됩니다.

최미애, 이광희 의원 등이 이 조례 제정에 큰 관심을 보이고 있는데요. 3월 중 간담회를 열어 학생들이 자율학습 선택권을 갖도록 하는 가칭 '학습선택조례 제정 공론화' 작업에 착수한다 합니다.

학생들의 의사와는 관계없이 반 강제적으로 실시되고 있는 자율학습! 순탄치 않는 행로가 되겠으나 차제에 진정한 자율학습이 무엇인지 보여주는 행보를 기대합니다.

내일도 힘차게 찾아뵙겠습니다. 지금까지 진행에 남불이었습니다. 고맙습니다.

2011.1.26. 클로징 멘트

청주 샛별초등학교 인조 잔디 운동장 조성사업이 법의 심판을 받게 됐습니다. 학부모와 주민 모임이 유해성 논란으로 법정 대응을 한 것은 전국에서 처음이라 합니다.

청주 샛별초 학부모·주민 모임은 청주 교육지원청을 상대로 인조 잔디 운동장 조성 사업 취소를 요구하는 소송과 함께 공사 중지 가처분 신청을 청주지법에 지난 21일 제출했는데요. 비록 흙먼지 날리는 운동장이어도 아이들의 건강에는 오히려 도움이 되지 않을까 생각해 봅니다. 마치 4대강 조성사업의 축소판을 보는 듯합니다.

내일도 힘차게 찾아뵙겠습니다. 지금까지 진행에 남불이었습니다. 고맙습니다.

2011.1.27. 오프닝 멘트

여러분, 안녕하십니까? 충북저널 967 이 시간 진행에 남불입니다.

연일 한파와 함께 구제역 소식으로 전국이 들끓고 있는 가운데 구제역 사태가 인재였음이 드러났습니다. 즉 구제역 바이러스가 공식 확인되기 이전에 이미 경북과 경기 북부 지역에 광범위하게 퍼져 있었던 것으로 밝혀졌습니다. 정부는 초기 대응이 미흡했다는 것을 인정했습니다.

경북 안동–경기 북부–강원–경기 남부–충청 등지로 도미노 식으로 전염된 구제역 바이러스. 하지만 아무도 책임지는 사람은 없습니다.

오늘 첫 소식입니다.

2011.1.28. 오프닝 멘트

여러분, 안녕하십니까? 충북저널 967 이 시간 진행에 남불입니다.

손학규 대표를 비롯한 민주당 지도부가 국제 과학비즈니스벨트 충청권 입지를 당론으로 정했다는 입장을 재확인했습니다. 유치전에 나선 광주·전남을 향해서는 대승적 견지에서 '호남 양보론'을 거듭 천명했습니다.

손 대표는 "나라가 국민에게 해야 할 가장 큰 의무는 신뢰이며, 원칙과 신뢰는 그 어떤 덕목보다 중요하다."고 강조했습니다. 과학벨트를 둘러싼 지금의 혼란은 이명박 대통령이 약속을 깨면서 촉발된 것입니다. 무신불립無信不立! 신뢰가 없으면 그 정권은 바로 설 수 없다는 공자님의 말씀이 그 어느 때보다도 귀해 보입니다.

오늘 첫 소식입니다.

2011.1.28. 클로징 멘트

끝이 안 보이는 이번 구제역 사태로 방역 활동에 나선 공무원들이 크고 작은 부상을 입는 등 피해가 속출하고 있다 합니다.

25일 현재 구제역 방역과 관련해 충북도 내에서 공무원 19명, 민간인 4명 등 23명이 부상을 입었습니다. 천만다행으로 사망자는 없지만 크게 다친 중상자는 8명! 계속되는 밤샘작업과 살처분 현장의 스트레스로 고통을 호소하며 쓰러지는 공무원들도 속출하고 있다 하니 참으로 안타깝기 그지없습니다.

계속되는 한파 속에 구제역 방역에다 눈 치우기까지. 그래도 몸을 아끼지 않는 공무원들의 노고에 따뜻한 박수 보냅니다.

행복한 주말 되시구요. 다음 주 월요일에 힘차게 찾아뵙겠습니다. 지금까지 진행에 남불이었습니다. 고맙습니다.

2011.2.1. 클로징 멘트

민족 최대의 명절 설이 성큼 다가왔습니다. 바야흐로 귀성전쟁이 한바탕 치러지겠는데요, 마치 연어가 고향을 찾아 험한 길을 마다 않는 모습 같습니다.

일제가 만든 구정이란 말이 아직도 많이 쓰이는 것 같습니다. 한국인의 음력설은 낡고 오래됐다는 뜻으로 일본 제국주의의 잔재가 남아 있지요.

이번 설을 맞아 여러분 가정 가정마다 행운과 건강이 늘 함께하기를 빌어 봅니다. 멋진 설 맞으소서, 그리하여 행복하소서.

다음 주 월요일에 힘차게 찾아뵙겠습니다. 지금까지 진행에 남불이었습니다. 고맙습니다.⌃⌃

2011.2.7. 오프닝 멘트

여러분, 안녕하십니까? 충북저널 967 이 시간 진행에 남불입니다.

초등학교 반장선거에서도 볼 수 없는 일이 일어났습니다. 지난 설날 전 방송좌담회에서 이명박 대통령이 과학벨트 충청권 입지 공약을 공식 파기했습니다. 더욱이 과학벨트 충청권 입지 공약은 충청권의 표를 얻으려는 의도였다는 발언을 해 충청권에 설 선물은 고사하고 폭탄선언으로 충청인의 자존심에 불을 지폈습니다.

손바닥 뒤집기 식으로 말을 바꾼 대통령의 언행! 초등학교 반장

선거에 나선 우리 아이들이 배우지는 않을까 우려됩니다.

오늘 첫 소식입니다.

2011.2.8. 오프닝 멘트

여러분, 안녕하십니까? 충북저널 967 이 시간 진행에 남불입니다.

공무원의 횡령사건이 잇따라 터진 영동군에 대대적인 감사가 이뤄진다 합니다.

감사원은 감사관 4명을 긴급 파견해 영동군청에 대해 어제7일부터 본격감사에 들어갔습니다. 올 초까지 군 보건소에서 근무하던 한 공무원이 10억 3,700만 원을 횡령했고, 지난해에는 또 다른 공무원이 7억여 원 규모의 유가보조금을 횡령한 영동군!

비단 영동군에서만 횡령사건이 일어날까 싶습니다. 모름지기 공무원의 '公'이란 글자는 '0점 저울추'가 되어야만 비로소 참된 공무원이라 할 수 있을 것입니다.

오늘 첫 소식입니다.

2011.2.9. 오프닝 멘트

여러분, 안녕하십니까? 충북저널 967 이 시간 진행에 남불입니다.

이명박 대통령의 국제 과학비즈니스벨트 공약 파기와 관련, 충청권 지방의회가 상경투쟁을 추진합니다. 또 시민사회단체는 잇따라 대책회의를 갖는 등 역량 결집에 나섰습니다.

김형근 충북도의회 의장 등 충청권 3개 시·도의회 의장은 지난 7일 오후 대전에서 만나 대응책을 모색했습니다. 세종시 충북 비상대책위는 어제 충북 경실련 회의실에서 긴급 대표자 회의를 열고 157만 충북 도민의 역량을 모으는 방안을 모색했습니다.

세종시 가지고도 충청인의 속을 끓이더니 이번엔 또 과학벨트입니다. 국격, 국격 하더니 참으로 자격이 없어 보입니다.

오늘 첫 소식입니다.

2011.2.15. 오프닝 멘트

여러분, 안녕하십니까? 충북저널 967 이 시간 진행에 남불입니다.

소설가 김영하 씨가 제자 최고은 작가가 굶어 죽은 게 아니며, 쪽지도 사실과 다르다고 밝혔습니다.

많은 사람들이 최고은 씨가 굶어 죽었다고 당연히 믿고 있다는 데 놀랐다며 최초로 보도한 한겨레신문의 선정적 기사 때문일 것이라 추측했습니다. 의연하고 당당하게 자기 삶을 꾸려 나갔으며 직접 사인은 영양실조가 아니라 갑상선 기능항진증, 다시 말해 아무리 먹어도 허기가 지고 몸은 바싹 말라가는 병 때문이었다는 것입니다.

사실과 진실은 이토록 다른 것일까요?

오늘 첫 소식입니다.

2011.2.16. 클로징 멘트

유난히 추운 한파와 함께 찾아든 불청객 구제역의 여파가 삼겹살 값을 천정부지로 뛰게 하더니, 이제는 서민들이 즐겨 찾는 해장국집까지 여파가 이어졌다 합니다.

선지해장국의 경우 평소 같으면 뚝배기가 넘칠 정도였던 것이

고작 작은 선지 몇 덩이. 구제역으로 부산물 공급이 원활치 못해 생긴 기현상인데요. 물량이 달려 애를 먹고 있다 합니다. 또한 해장국집뿐만 아니라 축산 부산물을 주재료로 해서 영업을 하는 순대집, 곱창집들도 형편이 어렵다 합니다. 조속히 구제역이 종식되기를 기원해 봅니다.

내일도 힘차게 찾아뵙겠습니다. 지금까지 진행에 남불이었습니다.

2011.2.17. 클로징 멘트

'감자 꽃'이란 시가 있습니다.

자주꽃 핀 건 자주감자 파 보나마나 자주감자
하얀 꽃 핀 건 하얀 감자 파 보나마나 하얀 감자

충주 출신 독립유공자이자 아동문학가인 권태응 시인의 동요인데요, 이번에 미발표 작품 다수가 빛을 보게 됐습니다.

충북 작가회의는 유족 소장 작품 5편을 일반인에 공개했는데요, 도종환 시인이 미국에 거주하고 있는 권 시인의 아들에게서 건네받은 것이라 합니다. 맑디 맑았던 권태응 시인의 정신이 혼탁해지는 이 시대에도 살아 꿈틀거리기를 소망합니다.

내일도 힘차게 찾아뵙겠습니다. 지금까지 진행에 남불이었습니다. 고맙습니다.

2011.2.18. 오프닝 멘트

여러분, 안녕하십니까? 충북저널 967 이 시간 진행에 남불입니다.

여기는 생명이 꿈틀대고, 태양이 작열하는 희망의 땅 충북입니다. 충북의 민선 5기 비전으로 '생명과 태양의 땅'이 공식 선포됐습니다.

충청북도는 '생명과 태양의 땅 충북 비전 2014' 선포식에서 도정 목표 '대한민국의 중심 당당한 충북'과 이를 실현할 비전으로 '생명과 태양의 땅 충북'을 대내외에 공식 천명했습니다.

이시종 지사는 비전 선언문에서 올해는 민선 5기 비전과 전략을 구체화하는 실질적인 원년이자, 충북 미래 100년 발전의 토대를 다지는 첫해라고 비전을 제시했습니다.

무소의 뿔처럼, 한 치의 흔들림 없는 비전 완성을 157만 도민과 함께 기원해봅니다. 오늘 첫 소식입니다.

2011.2.22. 클로징 멘트

충북 청주에서 어제 새벽 20대 남성 3명이 스스로 목숨을 끊은 안타까운 소식이 들려왔습니다.

오죽하면 그 길을 택했나 싶기도 하지만 무릇 생명이란 우주와도 맞바꾸지 못할 정도로 소중한 것입니다. 존재계의 모든 생명체들이 귀한 것은 그들이 살아 꿈틀거리기에 서로 소중한 존재가 되는 것입니다.

나날이 생명의 가치가 희석되어 가는 오늘의 세태! '자살'을 거꾸로 읽으면 '살자'가 됩니다. 한 생각 바꾼다면 이 세상도 살 만한 세상이 됩니다.

내일도 힘차게 찾아뵙겠습니다. 지금까지 진행에 남불이었습니다. 고맙습니다.

2011.2.23. 오프닝 멘트

여러분, 안녕하십니까? 충북저널 967 이 시간 진행에 남불입니다.

충북의 미래요 청사진이 될 생명의 땅 오송! 지난해 6대 국책기관이 입주하고 KTX 오송역이 개통하면서 충북 발전 신성장 동력의 중심지로 급부상했는데요.

하지만 오송이 생명의 땅이 되기에는 여러모로 취약합니다. 무엇보다도 사람이 살 수 있는 정주 여건이 기대치에 못 미치고 있다고 합니다. 무엇보다 인근에 병원과 약국이 없어 크게 불편함은 물론 학교와 학원이 없어 자녀 교육에도 고민이 많다는 것입니다. 실제로 전출을 신청해 오송을 떠나는 직원들도 속속 나오고 있다 하니 조속한 여건 개선이 시급해 보입니다.

충북의 미래 100년의 시금석이 될 오송! 모두 사람이 하는 것입니다.

오늘 첫 소식입니다.

2011.2.25. 오프닝 멘트

여러분, 안녕하십니까? 충북저널 967 이 시간 진행에 남불입니다.

무심천 하상도로 주말 통제를 두고 시민들 간 찬반이 크게 엇갈리고 있습니다.

민선 5기 청주시는 '녹색수도 청주'라는 시정 목표에 걸맞게 2차 시민 토론회를 열었는데요, 중부매일에서 이에 대해 페이스북 토론회필자의 아이디어에 따라 전국 최초로 진행되었다를 벌이고 있습니다. 여러 의견들이 개진되어 시민들의 뜨거운 관심을 모으고 있는데요.

무심천을 자연형 하천으로 조성하는 방안도 소중하지만 마땅한 대안이 없는 상황에서 통제부터 한다는 것은 이벤트성 사업에 불과하다고 봅니다. 근본적인 부분으로 돌아가서 무심천 하상도로의 철거계획부터 재검토하기를 촉구해 봅니다.

오늘 첫 소식입니다.

2011.2.27. 클로징 멘트

4차례나 무산되어 안타까움을 안겨주었던 '운보의 집'이 드디어 낙찰되었다고 합니다. 살아생전 만 원권 초상화를 그렸던 화가이자 온 국민의 사랑을 받았던 운보 김기창 화백. 이번 반 토막 낙찰이 그 모양새가 마치 바보산수 같습니다.

도민의 애정과 관심 속에 '운보의 집'이 조속히 정상화되어 고인의 정신이 다시 부활하기를 기원해 봅니다.

행복한 주말 되시구요, 다음 주 월요일에 힘차게 찾아뵙겠습니다.

2011.2.28. 클로징 멘트

구제역 파동으로 우유대란이 현실화되었습니다. 우유공급을 놓고 대리점과 식료품 가게 사이에 신경전이 벌어지는가 하면 아이를 키우는 주부들의 우유 사재기도 늘고 있다 합니다.

이런 저런 이유로 우유가 줄자 주부들만 몸 달고 있다 하는데요, 농림부는 우유 수급 대책회의를 열고 오는 3월부터 학교급식 우유를 먼저 공급키로 했다고 합니다. 날로 커지고 있는 우유대란이 하루 빨리 안정화되길 빕니다.

내일도 힘차게 찾아뵙겠습니다. 지금까지 진행에 남불이었습니다.

2011.3.1. 클로징 멘트

오늘 3·1절을 맞아 특집으로 '학원 심야 교습권 무엇이 문제인가'를 놓고 학원연합회 박재철 회장과 충북도 의회 이광희 의원 간의 열띤 토론이 있었습니다.

공교육과 사교육. 두 축은 한국 교육의 거대한 수레바퀴가 되어 각각의 역할을 맡아 오고 있습니다. 그러던 중 공교육 무용화 내지 부실화 논란이 있어 왔고, 학원의 심야 교습으로 인한 학교 수업의 파행문제로까지 대두되어 오늘 여기까지 오게 된 것입니다.

학원의 생존권과 아이들의 건강권, 수면권 간의 갈등을 보면서, 한국 교육 전반의 근본적인 변화가 어쩌면 요원하지 않을까 우려됩니다.

공교육과 사교육의 온전한 조화 속에 각각의 역할에 충실할 때 비로소 교육의 현장이 빛을 발하지 않을까 합니다. 독립 대한민국을 이끌어 가는 것은 바로 우리 아이들이 되기 때문입니다.

내일도 힘차게 찾아뵙겠습니다. 지금까지 진행에 남불이었습니다.

2011.3.2. 오프닝 멘트

여러분, 안녕하십니까? 충북저널 967 이 시간 진행에 남불입니다.
주말을 맞아 전국적으로 많은 비가 내려 구제역 가축 매몰지의 안전관리에 비상이 걸렸습니다. 봄철로 들어서면서 매몰지가 1차

고비를 맞게 되었는데요. 날씨가 풀리면서 기온이 올라 지반이 약해질 우려가 있는 가운데 강한 비까지 내리면서 매몰지 붕괴, 유실 등이 우려되고 있습니다.

청원군 오창읍 성재리에 한우와 육우 29마리를 매몰한 현장은 지난 27일 내린 비가 매몰지 방수포에 고였습니다. 배수로가 없어 빚어진 일인데요. 빗물이 저류조로 흘러넘칠 경우 침출수 우려도 제기되고 있습니다. 만사불여튼튼입니다. 관계당국의 철저한 점검을 촉구합니다. 오늘 첫 소식입니다.

2011.3.3. 오프닝 멘트

여러분, 안녕하십니까? 충북저널 967 이 시간 진행에 남불입니다.

충북도 의회가 의원들의 질의 횟수를 1인당 연 3회로 제한하기로 했다고 합니다. 게다가 질의 시간도 30분 가능했던 것을 20분으로 줄였다는 소식입니다.

도정질의는 집행부의 독주와 잘못된 행정행위를 견제하고 감시하는 의회 본연의 제도입니다. 단체장과 지방의회 다수당이 같은 정당이라 해서 집행부 견제에 소홀해서는 안 될 일입니다. 비록 도정질의 본래의 목적에서 벗어났다손 치더라도 까다로운 방식으로 언로를 제한하는 것은 분명 문제가 있다고 봅니다.

도의회의 본래 면목을 되찾기를 촉구합니다.
오늘 첫 소식입니다.

2011.3.7. 오프닝 멘트

여러분, 안녕하십니까? 충북저널 967 이 시간 진행에 남불입니다.

중동지역 정세 불안의 불똥이 이곳 청주까지 튀었습니다. 에너지 수급 위기감이 고조되고 정부의 에너지위기 단계가 '주의 경보'로 격상되면서 청주시는 8일부터 민간 부문에 대한 강제 조명 제한 조치를 실시합니다.
백화점과 대형마트 등 대규모 점포와 자동차 판매업소, 유흥업소를 비롯한 민간부문 1086곳이 해당됩니다. 공공부문의 기념탑, 분수대, 교량 등지의 경관 조명도 소등된다 하니 기름 한 방울 안 나오는 나라의 오늘의 현실이 안타깝기만 합니다.

시민 한 사람, 한 사람의 생활 속에서 에너지 절약의 지혜가 그 어느 때보다도 소중해 보입니다.

남불 앵커 힘내라, 얍!!

오늘 첫 소식입니다.

2011.3.8. 오프닝 멘트

여러분, 안녕하십니까? 충북저널 967 이 시간 진행에 남불입니다.

청주의 자랑이자 현존 세계 최고最古 금속 활자본인 '직지'가 충북 도내 재량교과서에 수록되어 도내 9개 중학교 학생을 만나게 됩니다.

청주시는 유네스코 세계 기록 유산 '직지'가 충북도내 중학교 재량 교과로 개설됨에 따라 '위대한 유산 직지' 교과서 2천 200부를 제작, 배포한다고 밝혔습니다.

직지直指의 본뜻은 본래 마음을 바로 가르친 자리를 뜻합니다. '직 지인심 견성성불' 다시 말해 사람의 마음을 바로 보고 본래 마음자리를 깨닫게 된다는 '직지'의 의미를 오늘 아침 다시 한 번 생각해 봅니다.

오늘 첫 소식입니다.

2011.3.21. 오프닝 멘트

여러분, 안녕하십니까? 충북저널 967 이 시간 진행에 남불입니다.

충북소주가 롯데에 매각된다는 소식이 전해지자 충북소주에서 생산되는 '시원한 청풍' 고객의 이탈 현상이 가속화되고 있습니다. 장덕수 사장의 해명에도 불구하고 먹고 튄다는 '먹튀' 논란이 일고 있는 가운데 충북소주를 애용해 왔던 고객들의 불편한 심기는 지역 소주 시장에 직접적으로 나타나고 있다 합니다.

지역민들의 사랑과 애정, 무엇보다도 향토주라는 '정'으로 마셨던 도민들의 허탈감과 서운함이 곳곳에서 들리고 있는데요. 그간 '자도주, 향토기업'을 내세운 지역밀착형 마케팅에 도민들이 속이 쓰려 가면서도 키워온 충북소주! 이번엔 진짜 속이 쓰립니다.

남불 앵커 힘내라, 얍!!

오늘 첫 소식입니다.

2011.4.18. 오프닝 멘트

여러분, 안녕하십니까? 충북저널 967 이 시간 진행에 남불입니다.

흐드러졌던 벚꽃이 어느새 분분히 떨어지고 있어 쏜살같은 세월의 흐름을 느끼게 하는데요. 내일은 오후 2시에 청주체육관 광장 앞에서 과학벨트 분산 배치 음모 분쇄, 500만 충청인 총궐기 대회가 열립니다.

4·19의 정신을 기리며 약 만 명 정도가 참석할 예정인 가운데 충청인의 뜨거운 결의를 보여주게 될 텐데요. 일상생활로 바쁘시겠습니다만 잠시 짬을 내어 동참해 주셨으면 합니다. 영호남의 치열한 유치전이 뜨겁습니다. 도민 여러분의 성원이 그 어느 때보다도 긴요한 시점입니다.

오늘 첫 소식입니다.

2011.4.19. 오프닝 멘트

여러분, 안녕하십니까? 충북저널 967 이 시간 진행에 남불입니다.

오늘은 4·19. 젊은 학생들의 의기로 촉발된, 한국 사회의 민주화를 이끌어 낸 뜻깊은 날입니다. 마침 오늘은 그날의 함성을 기리며 과학벨트 분산 배치 음모 규탄 500만 충청인 총궐기대회가 오후 2시 청주 체육관 앞 광장에서 열립니다. 우리 충청권이 요구하는 것은 단 두 가지! 이명박 대통령은 대선공약을 지키라는 것과, 과학벨트는 쪼개져서는 안 된다는 것이 일관된 주장입니다. '우리 아이만큼은 약속을 잘 지키는 아이로 키우겠습니다.'라는 현수막 구호가 가슴을 칩니다.

오늘 첫 소식입니다.

2011.5.11. 오프닝 멘트

여러분, 안녕하십니까? 충북저널 967 이 시간 진행에 남불입니다.

오늘은 5월 11일. 바로 입양의 날인데요, 정부가 국내 입양을 활성화하기 위해 2006년부터 매년 5월 11일을 입양의 날로 정했습니다.

하지만 정작 충북지역 입양은 이때를 기점으로 오히려 감소해서 입양 활성화 정책이 시급해 보입니다.

우리 충북은 입양 자체가 거의 없을 뿐 아니라, 감소폭도 큽니다. 2006년 64명에서 2007년 48명, 2008년 16명, 2009년 21명 2010년 11명으로 줄었는데요. 올해는 5월 현재 7명에 불과한 실정입니다. 장애아동은 더욱 꺼려 2008년과 2009년엔 한 명도 없었고 작년엔 6명으로 늘었다가 올해는 1명으로 주춤거리고 있습니다.

이 같은 상황에는 비공식적인 입양이 많아 보이는 것과 타 지역에 비해 보수적인 성향 탓도 있겠지만 충북도를 비롯한 도내 각 지자체의 무관심도 거들고 있는 것 같은데요. 관내 현황도 잘 모르고 있는 충북도의 적극적인 관심을 촉구해 봅니다.

2011.5.14. 클로징 멘트

충청권 최대 현안인 과학벨트 입지 선정이 초읽기에 들어간 가운데, 오늘은 충청권 3개 시·도지사 및 민·관·정이 총결집해 세종시 건설청 앞에서 과학벨트 사수를 위한 범충청권 비상회의를 소집합니다. 입지 선정 실무 작업을 담당하고 있는 과학벨트 입지 위원회가 후보지를 5개로 압축한 가운데 과학벨트 위원회는 오는 16일 전체회의를 통해 입지를 확정 발표합니다.

세종시 배제설로 충청권의 민심이 들끓고 있는 가운데, 이제 다음 주 월요일이면 최종 후보지가 발표되는데요. 간절한 마음으로 기원합니다. 부디 우리 충청인의 마음에, 자존심에 상처 나지 않기를 말입니다.

* 청와대 앞에서 (필자는 과학벨트 충북도 민관정 사무국장을 했다)

행복한 주말 되시구요, 다음 주 월요일에 다시 찾아뵙겠습니다. 지금까지 진행에 남불이었습니다. 고맙습니다.

2011.5.16. 오프닝 멘트

여러분, 안녕하십니까? 충북저널 967 이 시간 진행에 남불입니다.

드디어 정부의 과학벨트 최종입지가 얼마 후면 발표됩니다. 대전 대덕단지가 거점지구로 유력하며 이번 주말 충북도청에서 철야 농성이 이어지고 있는 가운데, 어제 저녁 도청 앞마당에서는 오송, 오창 기능지구 기원 촛불 문화제가 펼쳐졌습니다.

충북 공대위와 범충청권 비대위는 농성장에서 합동 기자회견을 통해 대선 공약인 세종시 거점지구 누락에 강한 유감을 표하며 충북의 오송, 오창지역이 기능지구에 포함될 것을 요구했는데요, 분산 배치가 되면 충청권 전체는 정권 불복종 운동을 전개할 것을 천명했습니다. 도민들의 성원이 하늘에 닿기를 기원합니다.

오늘 첫 소식입니다.

2011.5.20. 오프닝 멘트

여러분, 안녕하십니까? 충북저널 967 이 시간 진행에 남불입니다.

오늘은 세계인의 날이고, 내일은 부부의 날인데요. 토요일은 방송이 없으므로 부부의 날을 골라봅니다.

우리가 공기의 소중함을 모르듯이 부부간 같이 있을 때는 잘 모르다가도 한쪽이 되면 그 소중하고 귀함을 절실히 느낀다고 합니다. 가까우면서도 멀고, 먼 듯하면서도 가까운 사이가 바로 부부 관계인 듯한데요. 젊은 시절엔 사랑하기 위해 살고 나이가 들면 살기 위해 사랑한다고 합니다.

인생 최대의 행복은 부도, 명예도 아닐 것입니다. 사는 날 동안 지나침도 모자람도 없는 그런 사랑을 나누다가 "난 당신 만나 행복했소."라고 말하며 둘이 함께 눈을 감을 수만 있다면, 그럴 수만 있다면 그 얼마나 아름다운 부부일까요? 오늘만큼은, 아니 내일도 부부간에 사랑하면 좋을 것 같습니다.

오늘 첫 소식입니다.

2011.5.23. 오프닝 멘트

여러분, 안녕하십니까? 충북저널 967 이 시간 진행에 남불입니다.

오늘은 5월 23일, 바로 노무현 전 대통령의 서거 2주기가 되는 날인데요. 추모 표지석 하나가 뜨거운 감자가 되고 있습니다. 청주시가 최종적으로 상당공원 설치 불허 입장을 통보했는데요. 이유인즉 예전과 같이 근린공원에는 추모비가 설치될 수 없고, 이전 시민 설문조사를 통해 반대가 더 많았다는 것입니다.

아무리 봐도 청주시의 해명은 궁색해 보이는데요. 결국 추모비 상당공원 설치여부는 한범덕 청주시장의 정치적 결단에 달려 있게 되었습니다. 노무현 대통령의 추모비 때문에 한 시장이 곤혹스러운 입장인데요, 애정을 가지고 말씀드립니다. 충북도가 청남대에 설치하겠다고 나서는 마당에 마다할 까닭이 없습니다. 통 큰 결단으로

역사에 이름이 남는 우리 청주시가 되었으면 합니다.

2011.5.26. 오프닝 멘트

여러분, 안녕하십니까? 충북저널 967 이 시간 진행에 남불입니다.

주폭이란 단어를 아십니까? 충북지방 경찰청 김용판 청장이 취임한 후에 새롭게 탄생한 신조어인데요. 주취폭력범, 다시 말해 술에 만취하여 폭력을 행사하는 것을 말합니다.

그런데 바야흐로 주폭과의 전쟁이 전국 지방경찰청으로 확산되고 있어 눈길을 끄는데요. 주폭은 주변 사람들에게 피해를 입힐 뿐만 아니라 경찰력을 무력화시키는 등 골칫거리였습니다.

하지만 충북경찰청은 지난해 10월부터 주폭 전담수사반을 운영, 최근까지 58명의 주폭을 검거하는 성과를 올려 타 지방 경찰청의 귀감이 되고 있습니다. 조폭 위에 주폭! 모름지기 술 앞에 장사 없는 법입니다. 한 잔의 술은 약이 되지만, 과하면 독이 됩니다. 충북경찰청의 선전을 기대합니다.

2011.5.30. 오프닝 멘트

여러분, 안녕하십니까? 충북저널 967 이 시간 진행에 남불입니다.

이런저런 이유로 간만에 떠난 주말여행이었습니다. 목표는 단양이었는데요. 와 보니 제29회 소백산 철쭉제 개막식이 있었습니다. 전국 방방곡곡에서 많은 사람들이 단양을 찾아 즐기는 모습이 축제다운 축제구나 하는 느낌이었습니다.
도내에는 많은 축제들이 있습니다. 마침 충북도에서도 지역별로 대표 축제를 선별하여 적극 지원한다고 합니다. 모쪼록 우리네 삶이 축제의 삶이었으면 하는 바람을 안고 돌아왔습니다. 활기찬 한 주 되셨으면 합니다.

오늘 첫 소식입니다.

2011.5.31. 오프닝 멘트

여러분, 안녕하십니까? 충북저널 967 이 시간 진행에 남불입니다.

30도에 육박하는 날씨가 연이으면서 어느새 여름이 성큼 다가선 듯합니다. 이제 본격적인 혹서기가 다가선 듯한데요. 높은 온도와 많은 비로 인해 구제역 매몰지의 2차 오염이 점차 현실화되고 있습니다.

충북도의 구제역 매몰지는 모두 229곳으로 음성이 52, 충주 50, 진천 37, 청원 28, 괴산 24, 증평 20, 제천 17, 청주 1곳 순인데요, 전문가들은 병원성 미생물이 포함된 침출수와 동물 사체가 분해될 때 발생하는 질소와 인 등이 고온의 여름철에 특히 많을 것으로 보여 식수원의 수질 악화를 우려하고 있습니다.

이미 몇 군데서 침출수 유출이 확인된 바 있는데요. 보건 환경당국의 철저한 관리와 예방을 촉구합니다. 소는 이미 잃었지만 외양간마저 잃어서는 안 될 일입니다.

오늘 첫 소식입니다.

2011.6.6. 오프닝 멘트

여러분, 안녕하십니까? 충북저널 967 이 시간 진행에 남불입니다.

오늘은 단오이자 현충일인데요. 먼저 이 산하를 지키다 산화해 가신 호국영령께 묵념을 올립니다.

이번 주말엔 옥천에 자리 잡은 안터마을에 다녀왔습니다. 반딧불이축제가 시작되었는데요, 모두 52가구에 불과한 자그마한 산골마을이지만 워낙 청정지구다 보니 반딧불이가 반겨 주었습니다. 밤하늘에 쏟아지는 무수한 별들과 함께 벌어진 반딧불이의 한바탕 춤사위는 마치 환상의 세계가 펼쳐지는 한 편의 영화 같았는데요.

어린 시절 지천으로 흔했던 반딧불이를 일부러 찾아가야 하는 그런 시대가 되었습니다. 그만큼 환경이 많이 오염된 반증이기도 한데요, 우리 도심에도 반딧불이가 찾아들면 얼마나 좋을까요? 단오절에 옛 향수를 추억해 봅니다.

오늘 첫 소식입니다.

남불 앵커 힘내라. 얍!!

2011.6.13. 오프닝 멘트

여러분, 안녕하십니까? 충북저널 967 이 시간 진행에 남불입니다.

청주읍성이 파헤쳐진 지 어언 100년이나 되었습니다. 성의 벽돌들은 어처구니없게도 하수구 축조공사에 쓰였는데 남궁병원 터를 발굴하면서 이 사실을 알게 된 청주시민들이 분개한 바 있습니다.

읍성 복원은 청주의 정체성을 되찾는 시금석이 됩니다. 문화재 복원에 관심이 많은 한범덕 청주시장의 지시로 이제 읍성 복원작업이 본격화되고 있습니다.

읍성파훼 100년 만에 사실상 처음 실시되는 원형 복원! 철저한 발굴조사와 고증으로 청주의 정체성 정립에 기여하기를 기대해 봅니다.

오늘 첫 소식입니다.

2011.6.15. 오프닝 멘트

여러분, 안녕하십니까? 충북저널 967 이 시간 진행에 남불입니다.

드디어 초 · 중 · 고 주5일제 수업이 내년부터 시행된다고 합니다. 오는 7월부터 5인 이상 사업장으로 확대되는 주5일 근무제에 발맞춰 우리 사회가 바야흐로 주5일제 사회로 정착되는 듯합니다.

사회 전체가 주5일제로 나아가는데 유독 교사와 학생만 예외일 수는 없습니다. 다만 사교육비 증가 부분은 불을 보듯 뻔해 보입니다. 맞벌이 자녀와 저소득층 아이들의 돌봄 문제도 우리 사회가 안아야 할 과제로 보입니다.

성공적인 정착을 위해서는 학교뿐만 아니라, 지역사회 및 가정 모두가 교육의 주체로 우뚝 서야 할 것입니다. 그나저나 아이들은 좋겠습니다.

오늘 첫 소식입니다.

2011.6.21. 오프닝 멘트

여러분, 안녕하십니까? 충북저널 967 이 시간 진행에 남불입니다.

충청북도의 자긍심이며 대한민국의 자랑이기도 한 음성 출신 반기문 UN사무총장의 연임이 오늘 총회서 재선 승인을 통해 확정되게 됩니다. 안보리는 지난 7일 반 총장에 대한 연임 추천결의안을 만장일치로 통과해 사실상 5년 연임이 확정되었는데요. 반 총장의 연임은 충북도의 쾌거이자 대한민국 전체의 영예가 아닐 수 없습니다.

하지만 반 총장의 제2기는 아직도 진행 중인 아랍권 민주화의 마무리와 지역 평화를 위협하는 북한과 이란의 핵개발 저지 등, 복병이 도처에 산재해 있습니다. 반기문 총장의 온화한 리더십이 대한민국의 위상을 높이는 데 일조하기를 기원해 봅니다.

오늘 첫 소식입니다.

2011.6.23. 오프닝 멘트

여러분, 안녕하십니까? 충북저널 967 이 시간 진행에 남불입니다.

올 상반기 충북경제계를 짚어봅니다.

충북의 대표적 향토기업인 충북소주가 대기업인 롯데에 넘어갔습니다. 해를 넘겼던 청주공항 운영권 매각은 여전히 갈피를 못 잡고 있습니다. 흥업백화점이 새 주인을 맡게 될 전망입니다. LS네트웍스가 인수할 것으로 보입니다.

한편 구제역 후유증이 아직 도사리고 있어 장마철 침출수 문제가 우려됩니다. 또한 리비아 사태로 인해 리터당 2천 원이 넘는 초고유가 시대에 접어들어 서민들의 생계를 위협하고 있습니다. 삼겹살이 금겹살이 되는가 하면, 불법 소 도축을 통한 해장국 사태로 청주의 명물 해장국의 명성에 금이 갔습니다.

올 하반기엔 흑자 기조를 보이고 있는 충북 경제가 독수리 날갯짓하듯 더욱 활개 치기를 기원합니다.

2011.6.24. 오프닝 멘트

여러분, 안녕하십니까? 충북저널 967 이 시간 진행에 남불입니다.

오늘은 언론인의 사명에 대해 생각해볼까 합니다. 최근 지역에서 일어난 강태재 씨 낙마건에 대한 일부 언론보도를 보면서 붓 끝이 참으로 무섭다고 느꼈습니다.

언론인의 관심사는 공동체의 행복이어야 할 것입니다. 사람이기에 주관으로부터 자유롭지는 못하지만 늘 염두에 두어야 할 것은 붓을 들 때 적어도 마음자리를 중도의 자리에 놓아야 한다는 것입니다. 그리 안 된다 하더라도 가깝도록 애는 써야 할 것입니다. 언론인의 부단한 자기성찰만이 공동체를 행복하게 만들 것이기 때문입니다.

2012년 임진년
충북 이야기

2012.7.2. 오프닝 멘트

여러분, 안녕하십니까? 충북저널 967 이 시간 진행에 남불입니다.

민선 5기호가 닻을 올린 지 만 2년이 되어 터닝포인트를 돌고 있습니다. 각 지자체별로 선장의 지휘 아래 나름 최선을 다해 노를 저었습니다. 100m 달리기 선수가 있는가 하면, 마라톤 선수형도 있어 각 선원들이 선장의 스타일에 적응하느라 고심했을 터입니다. 하지만 출범 당시의 초심은 많이들 사라진 듯 보입니다.

백성은 마치 풀과 같습니다. 바람보다 먼저 눕지만 바람보다 먼저 일어나는 법입니다. 남은 항로, 초심을 다시 챙겼으면 합니다.

2012.7.4. 오프닝 멘트

여러분, 안녕하십니까? 충북저널 967 이 시간 진행에 남불입니다.

얼마 전 충북도 공무원노조의 설문조사 결과가 눈길을 끕니다. 9대 전반기 도의회 활동을 가장 잘한 도의원으로 새누리당의 '김양희' 의원이 뽑힌 것인데요, 일명 '도정의 저격수'라 불리며 도정을 가장 맹렬히 비판해서 도의회 3회 질문제한을 만들게 한 장본인입니다.

하지만 공무원들은 아이러니하게도 김양희 의원을 베스트 도의원으로 꼽았는데요, 선발한 속내는 어쩌면 공무원 바닥 인심의 표출이 아닐지 모르겠습니다.

겉으로 보이는 모습 못지않게 집안 단속도 잘 챙겨야겠습니다. 내부 구성원들이 같은 방향을 보고 노를 저을 때 진정한 성과를 내는 한편 순항하는 배가 될 것이기 때문입니다.

2012.7.5. 오프닝 멘트

여러분, 안녕하십니까? 충북저널 967 이 시간 진행에 남불입니다.

인근 세종시가 공식 출범하면서 많은 기대를 낳고 있지만 정작 '세종시 블랙홀'을 우려하는 목소리도 커지고 있습니다.

지난 4·11 총선 이후 새누리당이 실질적인 충북의 여당으로 자리매김했지만, 충북 지역 국책사업 홀대는 여전해 보입니다. 국립암센터 오송분원이 백지화됐는가 하면, 이명박 대통령이 약속한 충북 경제자유구역 지정도 불투명해졌습니다.

청주·청원권 통합시가 출범하지만 대전, 세종시에 비해 빈약한 인프라와 성장동력을 볼 때 특단의 조치가 취해지지 않는다면 자칫 대전, 세종시는 더욱 발전하고 통합시는 후퇴하는 최악의 시나리오도 배제할 수는 없어 보입니다.

거시적 안목으로 통합시 발전 로드맵을 잘 짜야만 하겠습니다.

2012.7.9. 오프닝 멘트

여러분, 안녕하십니까? 충북저널 967 이 시간 진행에 남불입니다.

"공약은 '빌 공' 자 공약"이라는 자조의 목소리가 높습니다.

얼마 전 충북 경실련의 충북도내 12개 단체장에 대한 공약 이행평가 결과가 나왔는데요. 선거용 공약에, 부실공약에, 헛공약이 남발되고 있습니다. 선거 때만 되면 낮은 자세로 선심성 장밋빛 공약을 남발하지만, 막상 당선되고 나면 나 몰라라 하는 정치인들이 너무도 많아 보입니다.

각 단체장은 자화자찬 공약 이행률을 자랑하고 있는데요, 속내를 살펴보면 눈 가리고 아옹 식 공약이 즐비합니다. 단체장에 의한, 단체장을 위한, 단체장의 공약이 아니라 진정 주민에 의한, 주민을 위한, 주민의 공약이 절실하다 하겠습니다.

2012.7.10. 오프닝 멘트

여러분, 안녕하십니까? 충북저널 967 이 시간 진행에 남불입니다.

지방자치제도가 도입된 지 20년이 지났지만, 지방의회 의장단 선거는 여전히 삐걱거리고 있습니다. 각종 나눠먹기식 담합이 횡행하면서 의장단의 '교황 선출방식'의 부작용이 속출하고 있습니다.
공개된 검증 과정이 생략된 선거가 바로 '교황 선출방식'인데요. 자리 나눠먹기인 감투싸움에다 편 가르기, 밀실 거래인 담합 등 고질적인 후유증을 낳고 있어, 청주시 의회는 연일 파행을 계속하고 있는 실정입니다.

당파적 갈등을 개선하기 위해서는 먼저 의장단 선출 방식부터 바꿔야 한다는 주장이 힘을 얻고 있는데요. 지방의회의 본령은 바로 집행부인 행정부를 견제하는 일! 잘못된 의장 선출 관행을 차제에 바로잡았으면 합니다.

2012.7.11. 오프닝 멘트

여러분, 안녕하십니까? 충북저널 967 이 시간 진행에 남불입니다.

산은 산이요,
물은 물이다.

생전에 성철 스님이 자주 인용했던 선시인데요. 산은 그냥 산이요, 물은 그냥 물일 뿐입니다.
하지만 한국교육과정평가원이 중학교 국어 검정교과서 심사 과정에서 시인인 도종환 민주통합당 의원의 작품을 삭제하라고 권고한 것이 알려지면서 일파만파로 비난의 물결이 일고 있습니다.

여당 의원이었던 김춘수 시인의 '꽃'이 여전히 교과서에 남아 사랑받는 이유는 정치인 이전에 시인의 향내가 곱기 때문입니다. 도종환 시인의 '흔들리며 피는 꽃'도 그러합니다.

정치는 정치요,
시는 시일 뿐입니다.

흔들리며 피는 꽃

　　　　　　도종환

흔들리지 않고 피는 꽃이 어디 있으랴
이 세상 그 어떤 아름다운 꽃들도
다 흔들리며 피었나니
흔들리면서 줄기를 곧게 세웠나니
흔들리지 않고 가는 사랑이 어디 있으랴
젖지 않고 피는 꽃이 어디 있으랴
이 세상 그 어떤 빛나는 꽃들도
다 젖으며 젖으며 피었나니
바람과 비에 젖으며 꽃잎 따뜻하게 피웠나니
젖지 않고 가는 삶이 어디 있으랴

중학교 국어 교과서에서 이 시를 계속 볼 수 있기를 희망합니다.

남불 앵커 힘내라, 압!!

2012.7.13. 오프닝 멘트

여러분, 안녕하십니까? 충북저널 967 이 시간 진행에 남불입니다.

대권 도전을 공식 선언한 새누리당 박근혜 전 비상대책위원장이 첫 행보로 충청권을 밟았습니다. 11일 오후 3시 청주 일신여고를 방문해 '내 꿈이 이루어지는 학교, 내 꿈이 이루어지는 나라'를 주제로 1, 2학년 특강을 했는데요.

청주 방문을 환영합니다. 하지만 소통과 협력을 강조하며 대전에서 정부 3.0 정책을 발표한 직후의 청주 방문이 하필이면 2012 전국연합학력평가 일정과 겹치면서, 고3학생들이 어수선한 분위기 속에 시험을 치르게 됐습니다.

이왕지사 소통과 협력을 강조하고 나섰다면, 보다 밀밀한 배려와 진정한 소통이 아쉽다 하겠습니다.

2012.7.17. 오프닝 멘트

여러분, 안녕하십니까? 충북저널 967 이 시간 진행에 남불입니다.

드디어 올 것이 오고야 말았습니다. 대형마트 의무휴업일이 시작되어 중소상인들 숨통을 틔우는가 싶더니, 다시 목 조르기에 들어갔습니다.

대형마트 등이 제기한 줄소송의 불똥이 청주에도 튀었습니다. 조례절차상의 하자를 빌미로 법의 올가미를 옥죄고 있는 형국입니다. 최소한의 상도의나 염치를 기대하진 않았지만 청주지법이 심리를 빨리 진행할 경우, 오는 22일 영업 재개도 가능해 보입니다.

청주시 의원들은 조속히 원 구성을 할 것을 촉구합니다. 조속한 조례 개정으로 대형마트 측에 빌미를 주어서는 안 될 일입니다.

2012.7.18. 오프닝 멘트

여러분, 안녕하십니까? 충북저널 967 이 시간 진행에 남불입니다.

이제는 전국적인 명소가 된 수암골 살리기가 화제가 되고 있습니다. 청주시에서는 표충사 아래로 한옥 17채를 지어 한옥마을을 조성한다고 합니다.

수암골을 보다 활성화하려는 시도는 좋으나, 정작 수암골은 사람 냄새 나는 스토리에 사람들이 움직이는 것입니다. 차라리 빈집 10여 채에 다문화 여성들을 상주시켜 몽골, 베트남, 타이, 캄보디아, 러시아 등의 문화를 엿볼 수 있게 하는 세계촌으로 만들면 어떨까 합니다.

비용도 적게 들 뿐 아니라, 다문화 여성들의 생존도 해결되고, 청주의 명물 수암골이 세계적인 관광지로 거듭나게 될 것입니다.

2012.7.19. 오프닝 멘트

여러분, 안녕하십니까? 충북저널 967 이 시간 진행에 남불입니다.

청주 하면 떠오르는 단어가 무엇일까요? 아마도 '직지'가 아닐까 싶은데요, 청주 고인쇄박물관이 여수 세계박람회장에서 직지홍보관을 어제부터 내일까지 연다고 합니다.

세계 최초의 금속활자이자, 유네스코 인류문화유산으로 등재된 직지심경! 원본은 비록 파리국립박물관에 있지만 직지심경을 간행한 곳이 청주 흥덕사인 것을 보면 세계에 자랑할 만한 당당한 문화재입니다.

직지! 마음자리를 곧장 가리킨다는 의미를 오늘 아침 곰곰이 되새겨 봅니다.

직지가 있어 청주가 자랑스럽습니다.

2012.7.23. 오프닝 멘트

여러분, 안녕하십니까? 충북저널 967 이 시간 진행에 남불입니다.

그곳이 차마 꿈엔들 잊힐리야~

정지용 시인의 '향수'로 유명한 옥천 향수 100리 자전거길을 다녀왔습니다.

청주 무심천RC 자전거 회원님들과 금강 따라 100리 길을 옥천군에서 자전거를 대여해 주어 열심히 타 보았습니다. 굽이굽이 금강을 따라 잘 조성되어 있었는데요. 이젠 금강의 기적 시대가 펼쳐지겠구나 하는 생각이 들었습니다.

세종시의 공식 출범과 함께 청주·청원 통합으로 고려 이후 천 년만에 도래하는 신중부권 시대! 날은 비록 무더웠지만, 그곳이 '차마 꿈엔들 잊혀지지' 않을 듯합니다.

2012.7.24. 오프닝 멘트

여러분, 안녕하십니까? 충북저널 967 이 시간 진행에 남불입니다.

지난번 선거 때는 논문 표절 시비로 얼룩지더니, 이번엔 청원군 '문화예술의 거리' 공모사업의 작품이 표절 시비에 휘말렸습니다.

청원군 문의면 일대에 설치될 조형물 20여 개 중 표절 의혹이 제기된 '원형나무', '지퍼', '문의면 꽃이 피었습니다' 등 3개 작품에 대해 충북도내 미술학과 교수들은 이구동성으로 표절이라고 판단을 내렸습니다.
당선 팀의 '원형나무' 작품은 '시를 읽어주는 숲' 작품을, '지퍼' 작품은 일본 지퍼회사 YKK의 지퍼 작품을, '문의면 꽃이 피었습니다' 작품은 자신의 작품 '이슬꽃길'을 각각 표절한 것으로 나타났습니다.

표절! 포복절도할 일입니다.

2012.7.25. 오프닝 멘트

여러분, 안녕하십니까? 충북저널 967 이 시간 진행에 남불입니다.

밤새 안녕히 주무셨습니까? 전국 곳곳에 폭염주의보가 내려진 가운데 30도가 넘는 무더위와 열대야가 기승을 부리고 있습니다.

폭염주의보는 일 최고 기온이 33도 이상이고, 일 최고 열지수가 32도인 상태가 이틀 이상 지속될 것으로 예상될 때 기상청에서 발령합니다. 온실효과 증가 등에 따른 지구온난화가 한몫 거들고 있는데요. 여름철 무더위는 오존층 증가에 영향을 끼치기도 합니다.

물을 자주 마시고 외출을 자제하는 등 건강관리에 유념하셔야겠습니다. 다행히도 아이들은 방학이군요.

2012.7.26. 오프닝 멘트

여러분, 안녕하십니까? 충북저널 967 이 시간 진행에 남불입니다.

"뭉치면 살고 흩어지면 죽습네다~"

특유의 어조로 유명한 초대 이승만 대통령 특별전이 청남대에서 진행되고 있습니다. 하지만 졸속 추진에 대한 여론의 뭇매가 페이스북상에서 일고 있어 충북도가 회초리를 맞고 있습니다.

도민들과의 공유 없이 일방적으로 강행된 모양새도 그러하려니

남불 앵커 힘내라, 압!!

와 12월 대선을 앞둔 상황에서 치러지는 것 하며, 또한 자라나는 청소년들에게 이승만 대통령의 파행을 미화시킬 수 있다는 논란 등 다양한 비판의 소리가 높아지고 있습니다.

며칠 전 이명박 대통령의 사과도 있었습니다만 진정 국민을 사랑하는 대통령이 아쉽다 하겠습니다.

2012.7.30. 오프닝 멘트

여러분, 안녕하십니까? 충북저널 967 이 시간 진행에 남불입니다.

개발과 보존! 둘 사이에는 항상 갈등을 빚게 되는데요, 청주의 명물 수암골의 발전 방향에 대해 설왕설래가 분분합니다.

가난하고 살기 불편한 동네가 개발이 덜 된 덕분에 드라마의 촬영지가 되어 있고, 이제는 전국적인 관람명소가 되었습니다. 수암골을 살리자는 총론에는 모두가 동의하지만 막상 각론으로 들어가서는 견해의 다름을 봅니다.

하지만 정작 놓치는 것이 하나 있습니다. 가장 소중한 것은 관광객이 찾았을 때 동네 주민들의 따뜻한 인사와 눈초리일 것입니다.

지금 수암골에 살고 있는 주민들에게 포커스를 맞추는 것! 하여 긍지를 가질 때라야 저절로 손님들이 다시 찾을 것이 아닌가 합니다.

청주시가 인본주의 정책으로 회귀하기를 기원해 봅니다.

2012.7.30. 클로징 멘트

날이 요즘 연일 무덥기만 한데요. 청주시 북문로 청소년광장 쪽에 심은 볼품없는 커다란 소나무들도 시름시름 말라가고 있습니다. 이 나무들이 강원도 홍천 국유림에서 파 온 것으로 알려진 가운데 그루당 1,500만 원가량의 거대한 비용이 들어간 것으로 알려져 있습니다.

산에서 잘 자라고 있던 소나무가 도심으로 옮겨진 것도 그러하려니와, 일단 보여주기 식 전시행정의 표본이 된 듯한 느낌이 드는 건 비단 저만의 소회는 아닐 것입니다.

청주시 북문로 소나무! 녹색수도 청주의 이름이 아깝기만 합니다.

2012.8.1. 오프닝 멘트

여러분, 안녕하십니까? 충북저널 967 이 시간 진행에 남불입니다.

어린 시절 아버지를 따라 자전거를 타고 까치내에 말조개를 잡으러 간 추억이 있는데요. '까치 작' '내 천'이라 하여 작천보가 새로 만들어졌습니다.
4대강 사업의 일환으로 국비 120억 원이 투입돼 완공되었는데요. 옛 정취는 사라지고 굉음을 내며 넘쳐흐르는 미호천 물에서는 악취가 진동합니다. 그나마 작천보는 새 발의 피에 불과합니다.

자연스런 물줄기에 메스를 가한 전국의 4대강 사업! 사업의 목적 자체가 대운하, 물 부족 해소, 홍수 방지, 관광, 경부 자전거길 등 시시각각으로 변했는데요. '태산명동에 서일필'이라고 대운하는 결국 자전거길로 막을 내렸습니다.

22조 원 콘크리트길에서 자전거나 신나게 타야겠습니다.

2012.8.13. 오프닝 멘트

여러분, 안녕하십니까? 충북저널 967 이 시간 진행에 남불입니다.

올 여름 견디시느라 고생들 하셨습니다. 일본을 2:0으로 화끈하게 제압하면서 광복절 최대 선물이 되었습니다.

청주시 송절교 바로 위 송절동 입구엔 가칭 '내가 한 살 때'라는 자그마한 동네 슈퍼가 하나 있는데요. 아름다운 풍경이 한여름 밤에 펼쳐졌습니다.
올해 81세가 된 동네 왕언니 정상순 님부터 이름 모를 봉명동 부부 내외까지 7~8명이 전라도 임자도에서 올라온 엄청난 양의 양파를 한마음으로 자루에 담았습니다. 혼자 한다면 어림도 없을 일이 품앗이 정신으로 똘똘 뭉치니 순식간에 해결되었습니다.

일본 축구를 물리친 대한민국의 정신! 바로 '우리'라는 공동체 의식이 아닐까요. 대~한 민국!

2012.8.13. 클로징 멘트

여러분, 안녕하십니까? 충북저널 967 이 시간 진행에 남불입니다.

녹색수도 청주의 심장부라 할 수 있는 시청 옆 청소년광장을 다녀왔습니다. 강원도 홍천에서 올라온 무려 1500만 원짜리 금강송 14그루 가운데 3그루만 겨우 살아남고 11그루는 바싹 말라가고 있었는데요. 약이 바짝 올랐습니다.

불과 몇 개월도 채 되지 않았는데 멀쩡한 소나무를 죽게 만드는 근시안적 사고도 그러하려니와, 사후약방문 식으로 주사액을 나무 곳곳에 꽂아 놓은 모양새가 바로 전시행정의 표본이라 생각하니 딱하기 그지없습니다.

녹색수도 청주가 시들어가고 있습니다.

2012.8.14. 오프닝 멘트

여러분, 안녕하십니까? 충북저널 967 이 시간 진행에 남불입니다.

지난 주말 재개된 대형마트 영업에 항의하는 육미선 청주시 의원의 1인 시위가 눈에 들어왔습니다. 민·관·정이 하나 되어 노력하는 모습에 청주시민들의 관심과 격려가 이어지고 있습니다.

　하지만 청주시청 앞에서 연일 1인 시위를 벌이는 김창규 청주시 비하동 유통업무지구 저지 대책위원장의 외로운 싸움은 상대적으로 외면하는 듯합니다.

　비하동에 들어서게 되는 초대형 공룡마트인 롯데마트 인가 과정에서 제기된 시유지 1500평 무상지원 특혜논란에 대해 청주시청 공무원 9명이 징계를 받고, 주무국장과 주무과장이 동시에 명예퇴직을 한 사건에 대해 청주시는 분명히 입장을 밝혀야 할 것입니다.

　특히 청주시장이 실수라고 인정한 롯데 대형마트 인가에 대해서는 오류를 바로잡고 정정당당한 행보를 이어나갈 때, 진정 시민들의 사랑을 받게 될 것입니다.

2012.8.16. 오프닝 멘트

여러분, 안녕하십니까? 충북저널 967 이 시간 진행에 남불입니다.

8·15가 되니 시원한 바람이 부는 게 확연히 더위가 꺾였습니다. 어제가 광복절이었는데요. 거리에만 태극기가 나부낄 뿐, 정작 아파트촌이나 주택가엔 태극기 매단 집이 거의 보이질 않았습니다.

1945년 해방이 되면서 삼천리 방방곡곡에 펄럭이던 태극기! 세월이 흐르면서 점점 태극기에 대한 관심이 줄어드는 듯한데요. 나부터 태극기 다는 모범을 보여야겠습니다.

태극기 사랑! 바로 나라 사랑입니다.

마지막 방송 멘트

여러분 안녕하십니까? 충북저널 967 이 시간 진행에 남불입니다.

2010년 10월 1일 첫 방송멘트가 떠오릅니다.

직분에 충실하라는 은사님의 말씀과 세계적인 동기부여가 빈센트 필 박사의 "나에게 힘이 되는 일이라면 뭐든지 할 수 있다."는 말을 씩씩하게 3번 외치고 진행했던 장면이 오버랩 됩니다.

부처님 인연법에 따라 오늘 여기까지 방송합니다.

마지막 멘트 올립니다.

힘내라, 얍!!

에필로그

앵커를 그만두고 쉬고 있는데, 친구들이 자리를 찾아보더니만 보은군 회인에 있는 산골 마을 부수리하얀 민들레 마을 사무장 자리가 있다 하여 흔쾌히 근무를 하게 되었다. 청주에서 출퇴근을 하였는데, 피반령 고개를 꼬박 1년 2개월 동안 오르락내리락했다. 농사도 지어 보고, 농민들이 땀 흘려 농사지은 농산물도 팔아드리며 농촌의 현실을 목도하게 되었다.

특히 기억에 남는 일은 마을 축제에 인원 동원을 부탁하기에 1,000명의 그림을 그리며 한 달 동안 SNS, 강연장, 칼럼, 사람들이 많이 모인 곳에서 적극 홍보전을 펼쳤던 일이다. 마치 홍보를 하기 위해 태어난 사람처럼.

그렇게 약 1,300명의 사람들이 마을 축제를 찾아 주셨다. 회인 생기고 나서 그렇게 많은 인원이 모인 적은 처음이라고 했다. 막걸리가 오후 4시경 동이 났고, 마을 주민들의 팔 거리는 순식간에 해결되었다.

지금도 자주 마을을 찾아 마을 주민들과 어울리고 있다. 허정규 형님과 예비역 중령 정진도 님이 이 마을에 귀농했다. 이후 충북 농촌체험 휴양마을 협의회 사무처장을 맡아 1년간 봉직했다. 제주를 빼고 뭍에서 유일하게 충청북도만 조례가 없기에 페이스북에서 도의장님과 링크를 걸고 무턱대고 찾아갔다. 다행히 적극적인 이언구 도의장님의 지지와 도의원님들의 협력으로 충청북도 농촌관광 조례를 만든 것이 보람으로 남았다.

시절인연에 따라 최초의 회사였던 삼성화재에 이번에는 설계사로 뛰게 되었는데, 주변의 큰 도움을 받고 있다.

학창시절부터 익혔던 명리학을 활용, 청주시 서원구 사직동 265-16 'STAY카페' 3층에 혜광 운명발전소를 오픈하게 되어 많은 이들의 고민과 문제를 같이 해결하고, 등불이 되고자 한다.

독자 여러분,

힘내라, 얍!!

사랑하는 사람들과 함께하는
일상의 웃음과 감동 속에서
행복을 가져다주는 깨달음이
팡팡팡 샘솟아 오르길 기원합니다!

권선복
도서출판 행복에너지 대표이사
한국정책학회 운영이사

　지금의 세계정세를 한 단어로 요약하면 '혼돈'이라고 할 수 있을 것입니다. 세계적인 경제 불황과 테러 위협으로 연일 혼란스러운 소식이 전해집니다. 한국 내 상황도 이와 다르지 않아 불안한 현실 속에서 걱정에 빠져 삶의 의욕을 잃어가는 사람들이 많은 것이 현실입니다. 한 치 앞도 예측할 수 없이 변화하는 세상에서 평범하기 이를 데 없는 우리가 안정과 평화를 누리며 행복할 수 있는 방법은 있을까요?

　이 책『남불 앵커 힘내라, 얍!!』은 이러한 질문에 따뜻한 해답을 제시해 주고 있습니다. 웃음과 눈물, 만남과 이별, 때로는 생사를 넘나드는 상황에서의 기적… 일견 평범하지만 인생사의 희로애락을 가감 없이 보여주는 일상 속에서 저자는 '오늘 살아 있는 것이 기쁨, 지금 무탈한 것이 행복'이라는 삶의 진리를 우리에게 전달합니다.

또한 단 몇 문장의 짧은 글에서부터 하나의 칼럼에 이르기까지 평범한 주변을 관찰하면서 문득 번뜩이는 불교적 화두話頭와 깨달음이 느껴집니다. 이를 통해 불도佛道라는 것이 특별한 종교인이나 수행자들에게만 있는 것이 아니라는 사실을 우리에게 펼쳐 보여 주고 있습니다.

이 책의 저자 남불 대변인은 삼성 근무, 입시학원 경영에서부터 BBS 청주 불교방송 시사앵커를 거쳐 현재는 삼성화재 설계사로 활동 중이라는 독특한 이력을 가진 분이십니다. 또한 충북 하얀민들레 생태마을 사무장, 충북농촌체험휴양마을협의회 사무처장 등의 자리를 맡으며 키워 온 농촌에 대한 사랑, 고향에 대한 애착은 이 책에서도 잘 드러나고 있습니다. 일상의 재치와 감동, 자연에 대한 깊은 사랑과 불교적 깨달음은 물론 때로는 사회문제에 대한 통렬한 비판이 가슴을 시원하게 하는 『남불 앵커 힘내라, 얍!!』, 이 책을 통해 많은 분들에게 험난한 세상 속 평화와 자신감을 가져다주는 깨달음이 팡팡팡 샘솟아 오르길 기원합니다.

내 영혼을 춤추게 했던 날들

김재원 지음 | 값 15,000원

이 책 『내 영혼을 춤추게 했던 날들』은 경찰간부로 활동 중인 저자의 엄격해 보이는
제복 속에도 '영혼을 춤추게 하던 시절'에 대한 행복한 기억이 고이 간직되어 잠들
어 있음을 알게 해 준다.
고된 생활에 지친 현대인들에게 이 책은 복잡한 출퇴근 시간, 혹은 잠시의 점심시간
이나마 삶의 숨 고르기를 하고 유년 시절 낭만의 세계로 되돌아가 보는 기쁨을 누릴
수 있게 해줄 것이다.

그치지 않는 비는 없다

오성삼 지음 | 박 훈 그림 | 값 15,000원

이 책 『그치지 않는 비는 없다』는 우리가 인생의 역경에서 어떠한 해결법을 찾아야
하는지, 시간이 흘러 뒤돌아보았을 때 그 사건들이 우리에게 주는 의미에 대해 큰 깨
달음을 전해준다.
특히 '호기심, 엉뚱한 생각, 그리고 도전. 이 세 가지 성삼(成三)이 내면의 원동력이
되어주었다'라고 이야기하는 저자의 말은 폭우 속에서 헤매는 나그네 같은 우리의 인
생에 '그치지 않는 비는 없다'는 위로를 전달해 줄 것이다.

인문의 숲으로 가다

김정숙 지음 | 값 15,000원

이 책 『인문의 숲으로 가다』는 삶의 깊은 맛, 명인의 손맛을 담아낸 자기계발서라고
할 수 있다. 책의 Part1 부분을 채우고 있는 서울대학교의 전문가 강의를 필두로, 이
책은 다양한 철학과 사색을 녹여내고 있다.
삶의 언저리에서 접하는 고민과 화두를 인문학적 깊이와 다양한 고전들에 접목해 풀
어내며 문득 거듭해서 읽을수록 다른 느낌을 주는 자기계발서가 되어 줄 것이다.

잃어버린 고향길을 찾아서

김명배 지음 | 값 15,000원

저자의 생생한 전쟁 기억을 담은 이 책 『잃어버린 고향길을 찾아서』는 전쟁의 흔적이
그 어디에도 남아있지 않은 이 땅에서 태어난 요즘 세대에게 함께 간직해 나가야 할
살아있는 역사이기도 하다.
이 책은 요즘 세대 청소년들이 앞선 세대의 역사를 바로 알게 되어 그들이 누리는 이
풍요로운 대한민국을 만드는 데에 밑바탕이 된 민족적 갈등과 극복의 현실을 직시하
고, 새로운 화해와 행복을 꿈꾸도록 도울 것이다.

커피 씨앗도 경쟁한다

정문호 지음 | 값 15,000원

어떤 의미에서든 대한민국을 성장하게 한 것은 경쟁이다. 하지만 이제 산업 전반의 선진화를 이루었고, 4차 산업사회에 돌입하게 되는 우리 사회의 경쟁은 또 다른 의미로 규정될 필요가 있다.

그런 의미에서 이 책 『커피 씨앗도 경쟁한다』가 던지는 메시지는 4차 산업시대를 맞이하여 모두가 상생하고 지속가능한 발전을 추구할 수 있는 경쟁의 구도에 대한 깨달음을 준다고 하겠다.

두드려라! 꿈이 열릴 것이다

권익철 지음 | 값 15,000원

이 책 『두드려라! 꿈이 열릴 것이다』의 저자 권익철 원장은 꿈과 희망이라는 화두로 자신에게 최면을 걸었다고 이야기한다. 그는 판금망치 하나를 들고 열악한 자동차 정비공으로서 인생을 시작했으나 꿈과 희망의 최면은 현재 그를 최고의 NLP Master로 만들어 주었다. 꿈을 잃고 방황하는 청춘들에게 이 책이 다시금 심장에 불을 지필 촉매가 되기를 기대해 본다.

새 집을 지으면

정재근 지음 | 값 12,000원

시집 『새 집을 지으면』에서 저자는 늘 마음의 중심이 되어주던 부모님과 스승들의 가르침을 되새기며 평생을 소명으로 여기던 공직자로서의 삶에 대한 감회와 후배들에 대한 당부를 덧붙인다.

대나무, 난초와 같은 향기를 담은 이 시집을 읽다 보면, 선비의 풍모를 간직하고 있는 저자의 은은한 인문학적 묵향(墨香)에 독자들도 물들고, 시집 속에서 공직자로서 좋은 귀감을 삼을 대상을 마주할 수 있을 것이다.

아내가 생머리를 잘랐습니다

유동효 지음 | 값 15,000원

시집 『아내가 생머리를 잘랐습니다』는 시련을 통해 가족이 성숙해 가는 과정을 담고 있다. 암에 걸린 간호사 아내와 남편, 아이들로 이루어진 가족이 함께 시련을 극복해 가는 모습이 오롯이 녹아 있는 것이다.

미약한 일개 인간의 힘으로 넘어설 수 없는 암이라는 시련을 넘어서는 가족의 힘은 동시에 노력과 자기 단련의 시간이 있어야 가정이라는 사랑의 공동체를 유지할 수 있다는 진리를 역설한다.

나는 리더인가

홍석환 지음 | 값 15,000원

『나는 리더인가』는 〈리더스 다이제스트Leader's Digest〉와 같은 책이다. 전체 80항목으로 구성되어 있으나 길지도 짧지도 않은 분량으로 리더가 갖춰야 할 필수 항목들을 요약적으로 짚어내고 있다.

군더더기 없는 핵심만을 지적하고 강조한 점에서 리더가 되고 싶은, 혹은 리더의 길을 걸어오며 한 번쯤 자신을 되돌아보고 싶은 분들이 본인의 체크리스트로 삼기에 더없이 좋은 책이다.

영웅

지방근 지음 | 박 훈 그림 | 값 25,000원

조직이 살아남기 위해서는 뛰어난 리더십을 갖춘 리더가 필요하다. 어떤 조직에서든 한 개인이 리더가 되기 위해서 거쳐야 할 수련의 과정이 있고 갖춰야 할 품위와 교양이 있는 것이 사실이다. 이 책 『영웅』을 통해 독자들은 조직원들에게 편안하게 다가가면서도 꼼꼼하게 범사를 챙기고 화합시키는 진정한 영웅, 조직의 힘을 극대화해 개인과 기업과 사회가 모두 행복할 수 있도록 만드는 리더의 품위와 교양을 접하고, 또한 실천할 수 있을 것이다.

상위 1프로 워킹맘

유정임 지음 | 값 15,000원

이 책 『상위 1프로 워킹맘』은 언론인으로서의 삶을 놓지 않으며 동시에 두 아이를 훌륭하게 길러 낸 유정임 저자를 비롯, 각계각층에서 자신의 삶을 살아가며 동시에 아이들의 행복을 위해 고군분투하는 워킹맘 10인의 인터뷰를 기반으로 한 책이다. 다양한 직업을 가진 그녀들의 고민은 이 책을 펼쳐보게 될 모든 워킹맘들의 그것과 다르지 않다. 고민하고, 갈등하고, 때론 화내면서도 동시에 웃고 떠들고 즐기며 나아가는 그녀들의 모습은 독자들의 마음을 깊은 공감으로 따뜻하게 채워 줄 것이다.

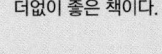

간추린 사서

이영수 지음 | 값 28,000원

이 책 『간추린 사서』는 사서의 방대한 내용 중 핵심만을 뽑아 이해하기 쉽게 풀어냈으니, 깨달음이 있으면서도 손쉽게 가르침을 얻고자 하는 현대인들의 필연적 욕구에 고전의 발걸음을 다소나마 맞춰가려는 노력이 반영되어 있다.

이러한 현대적 발돋움을 통해 공자 사후 2500년 전부터 누적되어 온 동아시아의 집단 기억과, 인간관계와 그 외적 표현인 예법을 이 한 권의 책을 통해 구석구석 느껴볼 수 있을 것이다.

작은습관, 루틴

오히라 아사코, 오히라 노부타카 지음 | 값 15,000원

이 책 『작은 습관, 루틴』은 우리가 일상적 업무 속에서 스트레스가 되는 다양한 요소의 해결책을 제시한다. 이러한 스트레스의 크기를 느슨하게, 고통으로 느끼지 않고도 충분히 우리들이 해소할 수 있는 작은 단위로 쪼개어 해결할 수 있는 방법을 구체적이고 상세하게 제공하는 책이다. 이 작은 보물지도가 여러분의 조직에서, 가정에서, 새로운 세상과 새로운 삶으로 이끌어주는 마법의 램프를 찾도록 도와줄 것이다.

지방기자의 종군기

윤오병 지음 | 값 25,000원

6.25전쟁 때 소년병으로 종군한 이후 취재기자에서부터 편집국장까지, 기자정신으로 평생을 살아 온 윤오병 저자는 이 책 『지방기자의 종군기』를 통해 기자로서 취재해온 한국 현대사의 굵직한 편린들을 풀어낸다.
이 책은 당시 시대를 경험한 세대에게는 대한민국에 대한 자부심과 보람을, 당시 시대를 알지 못하는 세대에게는 우리가 지금 누리고 있는 평화와 행복이 많은 사람들의 땀과 노력으로 이루어진 것이라는 걸 알게 해줄 것이다.

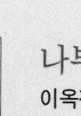

나부끼는 깃발은 사랑이었노라

이옥진 지음 | 값 15,000원

한 교회에서 25년간을 목사의 아내로 활동한 저자는 다양한 이웃들을 만나고, 기쁨과 슬픔을 함께하며 느꼈던 수많은 감정들을 성경의 일화에 빗대어 묵상하며 하나님의 임재와 기적을 이야기한다. 교회에 다니지만 아직 참된 진리를 알지 못하는 사람, 혹은 하나님의 임재를 느끼고 싶어 하며 신앙의 목마름을 느끼는 교인들은 이 책을 통해 성경 읽기를 생활화하여 영혼을 변화시킬 수 있을 것이다.

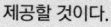

사랑의 구름다리

조규빈 지음 | 값 15,000원

조규빈 저자의 이 세 번째 수필집 『사랑의 구름다리』는 '자연'과 '열정'을 주제로 삼아 인생의 의미를 탐구하고 있다. 항상 우리 주변에 담백하고 신선하게 존재하며 인간에게 큰 교훈을 전달하는 자연에 대한 절제된 문학적 찬미가 돋보인다. 또한 길어진 인생을 열정적으로 살지 못하고 쉽사리 나태해지는 사람들에 대한 통렬하면서도 애정 어린 충고가 목적 없이 방황하듯 시대를 살아가는 젊은이들에게 삶의 이정표를 제공할 것이다.

하루 5분 나를 바꾸는 긍정훈련

행복에너지

권선복

도서출판 행복에너지 대표
대통령직속 지역발전위원회
문화복지 전문위원
새마을문고 서울시 강서구 회장
한국정책학회 운영이사
영상고등학교 운영위원장
아주대학교 공공정책대학원 졸업
충남 논산 출생

'긍정훈련'당신의 삶을 행복으로 인도할
최고의, 최후의 '멘토'

'행복에너지 권선복 대표이사'가 전하는
행복과 긍정의 에너지, 그 삶의 이야기!

국민 한 사람, 한 사람이 모여 큰 뜻을 이루고 그 뜻에 걸맞은 지혜
로운 대한민국이 되기 위한 긍정의 위력을 이 책에서 보았습니다.
이 책의 출간이 부디 사회 곳곳 '긍정하는 사람들'을 이끌고 나아
가 국민 전체의 앞날에 길잡이가 되어주길 기원합니다.

　　　　　** **이원종** 前 대통령 비서실장/서울시장/충북도지사

권선복 지음 | 15,000원

'하루 5분 나를 바꾸는 긍정훈련'이라는 부제에서 알 수 있듯 이 책
은 귀감이 되는 사례를 전파하여 개인에게만 머무르지 않는, 사회 전
체의 시각에 입각한 '새로운 생활에의 초대'입니다. 독자 여러분께서
는 긍정으로 무장되어 가는 자신을 발견할 수 있을 것입니다.

　　　　　** **조영탁** 휴넷 대표이사